Helmut Robertz

Doppelwacholder

Ein Stück Selfkantgeschichte

Impressum

Bibliografische Information der Deutschen Nationalbibliothek:
Die Deutsche Nationalbibliothek verzeichnet diese Publikation in der
Deutschen Nationalbibliografie; detaillierte bibliografische Daten sind im
Internet über http://dnb.dnb.de abrufbar.

Kontakt: helmut.robertz@t-online.de

Herstellung und Verlag: BoD – Books on Demand, Norderstedt

ISBN: 978-3-75788-719-3

Für Mila

1 Heimkehr

Die Dampflok schnaubte mächtig, der Geruch verbrannter Kohle sammelte sich im Waggon. Hein bemerkte, dass in dem alten Wagen nicht mehr alle Scheiben vorhanden waren und deshalb die Gerüche von außen ungehindert hineinströmen konnten. Auch der Fahrtwind war spürbar. Es zog. Aber das störte ihn nicht wirklich. Die Außentemperatur war jetzt im Frühjahr angenehm. Nach der langen Zeit würde ihn die letzte Etappe einer langen Heimfahrt nicht noch aus der Ruhe bringen. Mehr als vier Jahre war er nicht mehr hier gewesen. Und jetzt war er so kurz vor Zuhause.

Sein Äußeres erregte in diesen Tagen des Jahres 1948 kein besonderes Aufsehen. Er hatte sich den linken Arm gebrochen, dementsprechend trug er einen Gipsverband und zusätzlich eine Stütze, die den Arm in waagerechter Haltung fest am Körper fixierte und die Schulter ruhigstellte. Seine Kleidung war abgewetzt und saß schlecht. Die Ärmel waren zu kurz, die Hosenbeine zu lang. Die Hose war im Bund viel zu weit, ein Gürtel sorgte für den nötigen Halt, musste aber durch Hosenträger unterstützt werden. Die Haare waren raspelkurz geschnitten, die letzte Rasur des Bartwuchses lag schon ein paar Tage zurück. Der ganze Mann war hager, unterernährt und sah nicht besonders gesund aus.

Der Zug war gut gefüllt, aber dieses Mal nicht so voll wie sonst häufig in dieser Zeit. Die Städter aus Aachen, Mönchengladbach und Köln kamen zu Hunderten, um bei den Bauern in den Selfkantdörfern Kartoffeln und Gemüse gegen Wertsachen zu tauschen. Diese Hamsterfahrten hatten etwas nachgelassen. Zudem hatten die Bauern im zeitigen Frühjahr noch nicht so viel geerntet, was sie hätten tauschen können. Zeitweise hatte man Güterwaggons an die Lok gehängt, um die Menschenmassen auf den Waggons stehend zu befördern. Die Güterwagen waren eigentlich zum Transport der Ziegel der örtlichen Ziegeleien oder der Zuckerrüben zur Erntezeit im Herbst gedacht, wurden aber für die Hamsterfahrten einfach umfunktioniert.

„Die Fahrkarten bitte…" tönte es durch den Wagen der Kleinbahn. Der Zug war in Geilenkirchen losgefahren, hatte den Anstieg aus dem Wurmtal heraus mit Mühe geschafft und rollte jetzt über das platte Land auf Gillrath zu. Als der Bahnbedienstete auf ihn zutrat, erkannte er ihn gleich. Schmaler und älter zwar, er mochte wohl ungefähr sechzig Jahre sein, der Schnauzer fehlte, aber kein Zweifel, das war Plum, der gleich neben seinem Elternhaus wohnte. Die Uniform war noch die alte, war aber deutlich zu groß. Einige Aufnäher waren abgetrennt worden, der Stoff hatte dort eine deutlich andere Färbung.

„Ech höb noch keen Fahrkaat, Plum, enns bös an de Wehrer Bahn."
„Ich habe noch keine Fahrkarte, Herr Plum, einmal bis Wehrer Bahn."

Der Schaffner musterte ihn aufmerksam, weil der Reisende seinen Namen genannt hatte, aber er kam nicht drauf, woher er ihn kennen könne. Dann dämmerte es ihm.

„Hein? Bös du datt?
„Hein? Bist du das?"

„Ja", entgegnete dieser knapp.

„Om Jodeswille wat bös du dönn jewuurde."
„Mein Gott bist du dünn geworden. Zurück aus der Gefangenschaft?"

„Ja, ich komme gerade an."

„Dann brauchst du keine Fahrkarte", bestimmte er knapp und verschloss seine Umhängetasche sofort wieder, die er schon geöffnet hatte.

„Ah", machte Hein und ließ das Reichsmarkstück, das er bereithielt, wieder in seiner Jackentasche verschwinden.

„Spätheimkehrer sollen ja nicht auch noch für die Heimfahrt bezahlen", befand Plum. ‚Spätheimkehrer', das Wort hörte er zum ersten Mal.

„Die höbbe dech evel lang doa jehaute,"
„Da haben sie dich aber lange festgehalten," setzte Plum das Gespräch fort.

„Jo ‚doa wor et su schuen,"
„Ja, es war so schön da", sagte Hein sarkastisch und lächelte verkniffen.

„Hauptsache, du lebst und bist wieder zu Hause", antwortete Plum, der merkte, dass dem Gegenüber nicht nach Erzählen zumute war. Arbeiter der Ziegelei Teeuwen, die noch vor Gillrath lag, tauchten vor dem Fenster auf, winkten irgendjemandem im Zug zu und zogen die Aufmerksamkeit auf sich. Sie standen an einer Weiche, die ein Nebengleis aufs Werksgelände führte. Hagere Gestalten, unterernährt, einem fehlte der linke Arm.

„Ja dann, eine gute Heimkehr, wir sehen uns," verabschiedete sich Plum und wandte sich dem nächsten Fahrgast zu. Jetzt drehte sich der Mann um, der in der Reihe vor Hein saß und ihm den Rücken zugewandt hatte. Sein Gesicht war entstellt, er hatte wohl eine schwere Verletzung am Kopf davongetragen.

„Hein van de Bahn?"
„Hein von der Bahn?" fragte er.

„Ja", sagte dieser und grübelte jetzt seinerseits, wer das jetzt wieder war.

„Kenn se mech niet mi? Ech bönn Jupp."
„Kennst Du mich nicht mehr? Ich bin Jupp."

„Sieker. Jupp"
„Doch klar, Jupp," log er, er hatte ihn nicht erkannt, zu sehr hatte die schwere Verletzung das sofortige Erkennen verhindert.

Der Zug hielt in Gillrath, wo nur einzelne Fahrgäste ausstiegen. Nach kurzer Zeit schnaufte die Dampflok wieder los. Jupp hatte bemerkt, dass sein alter Bekannter wegen der Spuren seiner Verletzung verunsichert war, ob er dies ansprechen sollte. Deshalb fing er selber davon an.

„E Joar bön ech en e Lazarett jeweas"
„Ein Jahr bin ich im Lazarett gewesen, fürchterlich. Und das geht auch nie mehr ganz weg. Aber, was soll ich machen?"

„Ja, was hat man uns da angetan?"

„Mein Bruder Fritz und die beiden von Hensgens sind gar nicht mehr nach Hause gekommen. Da geht es uns doch noch besser. Wo warst du, in Russland?"

„Im Kaukasus."

„Ist das Russland?"

„Ja und nein, ein Teil ist auch Georgien. Wir mussten im Gebirge arbeiten. Auf über 2000 Metern Höhe. Straßenbau. Eine Knochenarbeit. Hoffentlich nie wieder. Aber jetzt bin ich auf dem Heimweg und das schon seit Tagen. Immer nur Zugfahren. Ich bin über Kiew und Warschau gefahren. Und dann war erst mal Stopp in Frankfurt. Frankfurt an der Oder. Da kam ich in ein Lager, Gronenfelde, zwei Tage lang. Untersuchungen und Papiere beantragen. Und dann wieder warten, bis alle Papiere fertig waren. Anschließend ging es über Berlin und dann durch die sowjetisch besetzte Zone. Na ja, und jetzt bin ich hier und fast am Ziel."

„Was ist mit deinem Arm passiert?"

„Gebrochen. Das wird bald wieder."

Am Bahnhof Birgden füllte sich der Zug. Arbeiter und noch mehr Arbeiterinnen der Weberei Schniewind stiegen zu. Anscheinend war der Betrieb dort drei Jahre nach Ende des Krieges wieder angelaufen. Die Plätze im

Waggon reichten kaum noch. Eine Fortsetzung des Gespräches stockte daher. In Birgden waren auffallend viele Häuser beschädigt, einigen fehlte das komplette Dach. Andere standen nur noch als Brandruine. Der Zug rollte weiter. Der nächste Ort Schierwaldenrath war noch stärker zerstört als Birgden. Eigentlich war kein Haus, das Hein zu sehen bekam, unbeschädigt. In Schierwaldenrath gab es eine Pause. Der Zug musste warten bis der Gegenzug aus Tüddern eingetroffen war. Die Strecke war nur eingleisig. War ein Zug in umgekehrter Fahrtrichtung unterwegs, galt es im zweigleisigen Bahnhof von Schierwaldenrath zu warten, bis die Strecke wieder frei war. Als der Zug schließlich Gangelt erreichte, stiegen viele Fahrgäste aus. Mit den Verbliebenen ging es weiter Richtung Süsterseel, Wehr und Tüddern.

Der Selfkant ist der westlichste Zipfel Deutschlands und ragt ins niederländische Limburg hinein. Neben den bereits genannten Orten Süsterseel, Wehr und Tüddern gehören auch elf weitere größere und kleinere Dörfer zu diesem Gebiet. Der geographische Zipfel von der Landesgrenze bis zu einer Linie von Gangelt nach Saeffelen einschließlich dieser beiden Orte ist der eigentliche Selfkant. Der Name leitet sich vermutlich von Saeffelbachkante ab, gemeint ist das Saeffelbachufer. Man könnte auch noch weitere Orte diesem Gebiet zurechnen. Unterscheidet die angrenzenden Dörfer doch wenig von den eigentlichen Selfkantorten. Im Laufe der Geschichte hat der Selfkant mehrfach seine Zugehörigkeit wechseln müssen. Gehörte er bis 1815 zum französischen Kanton Sittard, entschied der Wiener Kongress, dass er fortan zum Teil der preußischen

Rheinprovinz wurde. Das genannte Gebiet ist etwa 40 Quadratkilometer groß und aufgrund der ländlichen Struktur dünn besiedelt. Es wurde lange von der Landwirtschaft geprägt. Getreide, Kartoffeln und Zuckerrüben wurden hauptsächlich angebaut. Die Verarbeitung des Getreides erfolgte in diversen in diesem Gebiet entstandenen Windmühlen. Eine Eigenheit ist die Sprache der Menschen, die ein Platt sprechen, das holländische, sagen wir limburgische Elemente mit plattdeutschen Begriffen mischt und dabei noch deutliche Einflüsse des Französischen aufweist. So spiegelt sich das Hin und Her der Gegend im Laufe der Geschichte in der Sprache der Menschen. Das Selfkänterplatt ist aber nicht einheitlich, sondern von Ort zu Ort gibt es unterschiedliche Ausdrücke für die gleiche Sache.

In Süsterseel verabschiedete sich auch Jupp. Noch einen guten Kilometer, dann war das Ende einer Reise von mehr als dreitausend Kilometern erreicht. Hein freute sich auf das Zuhause und fühlte sich gleichzeitig unendlich müde. Der Zug fuhr langsam zum Haltepunkt „Wehrer Bahn". Heins Elternhaus. Der Ort Wehr lag abseits der Bahnstrecke, hatte aber mit der Wehrer Bahn einen eigenen Bahnhof einen knappen Kilometer vom Ort entfernt.

Als Hein aus dem Zug ausstieg, warf er einen Blick auf den Bahnhof. Eigentlich sah das Gebäude so aus, wie es immer ausgesehen hatte. Ein durchaus imposanter zweigeschossiger Bau mit einigen kleinen Turmspitzen aus verzinktem Blech. Dazu zwei Giebel, die die Mauern überragten. Auf der Frontseite war ein weiß getünchter langer Streifen mit dem Schriftzug „Wehrer Bahn". Die

Schrift war aber verwittert, das Weiß war nicht wirklich weiß. Aber auf den ersten Blick war doch alles intakt und erhalten.

Hein stellte fest, dass der Seiteneingang, der gleich zu der Treppe ins Obergeschoß führte, wo die Wohnräume waren, verschlossen war. Also ging er weiter um das Haus herum zum Eingang der Gaststätte. Jetzt sah er doch noch Folgen des Krieges. Ein Geschoss musste ein ziemliches Loch im Mauerwerk des ersten Stockes verursacht haben, war aber bereits notdürftig zugemauert.

In der Gaststube standen zwei Männer an der Theke schweigend vor einem Glas Bier. Die Gaststube hatte sich verändert. Die Theke war einfacher und kürzer als früher. Die Wandvitrine mit der spiegelnden Rückwand war verschwunden. Der Wirt hob kurz den Kopf, als Hein eintrat und grüßte, er erkannte ihn nicht. Hein ging gleich hinter die Theke. Überrascht schaute der Wirt auf, öffnete den Mund und wollte etwas sagen, stockte dann, erkannte seinen Bruder und sagte „Hein".

„Mattjö," erwiderte dieser. Schweigend gaben sich die Männer die Hand und klopften einander auf die Schultern.

„Dat wuurd ever och Tied,"
„Das wurde aber auch langsam Zeit," sagte Mattjö, „dass du kommst."

„Et jing net fröhjer"
„Ja, ging nicht früher", sagte Hein.

„Wat bössde dönn jewurde,"

14

„Du bist ganz schön schmal geworden."

„Tja. Ist Mutter da?"

„Ja", sagte Mattjö, „die sitzt oben. Willst du ein Bier?" fragte Mattjö.

„Jetzt nicht, vielleicht später. Mein Magen."

„Oder ein Schnäpschen? Einen Wacholder?"

Hein winkte ab, verließ die Gaststube und ging die Treppe rauf. Er ging in die Küche, die jetzt gleichzeitig eine Wohnstube war. Dort saß seine Mutter, die schaute überrascht auf, erkannte ihn sofort, ein Lächeln huschte über ihr Gesicht. Sie stand auf und nahm ihn in den Arm.

Sie wollte etwas sagen, schaffte es aber nicht. Ihre Lippen bebten. Wiederholt öffnete sie den Mund, aber es gelang ihr noch nicht zu sprechen. Tränen liefen ihr über die Wangen. Die beiden verharrten eine Zeitlang in der Umarmung. Nach einiger Zeit sagte sie:

„Hein, schön dass du kommst. Ich habe immer gehofft, dass du eines Tages wieder nach Hause kommst."

„Glaub mir, ich wäre gerne früher gekommen. Andres hat mir eine Postkarte ins Lager geschickt, auf der stand, dass meine Feldpostkarten hier nie angekommen sind"

„Ja, das stimmt. So habe ich nur über Umwege erfahren, dass du noch lebst und in russischer Gefangenschaft bist."

Die Mutter war sichtlich gealtert. Er rechnete schnell im Kopf durch, wie alt sie jetzt war. Geboren 1872, dann war sie also 76 Jahre. Meine Güte. Sie war aber für ihr Alter noch sehr beweglich. Auch ihr sah man die Strapazen und Entbehrungen der Kriegs- und Nachkriegszeit deutlich an.

„Haben sie dir nichts zu essen gegeben? So wie du aussiehst."

„Jowahl, evel et joav ömmer nur Zupp"
„Ja, es gab fast immer nur Suppe. Und die wurde immer dünner. Gestern haben sie mich gewogen. Für die Entlassungspapiere. Gerade mal 48 Kilo."

„Ach Gott, Junge. Willst du jetzt was essen?" fragte seine Mutter. „Es sind noch Kartoffeln da."

„Ja gerne, Hauptsache keine Suppe."

„Hm. Es ist Kartoffelsuppe," sagte die Mutter jetzt etwas leiser. „Wenn du willst, kannst du auch noch ein Stück trockenes Brot mit Siepnaat haben."

„Dann mach ich mir gleich eine Siepnaatschnitte."

Siepnaat ist ein Zuckerrübensirup, der als Brotaufstrich verwendet wird. Die hier häufig angebauten Zuckerrüben werden in kleine Stücke geschnitten. Aus diesen Rübenschnitzeln wird ein Saft gepresst, der dann solange eingedickt wird, bis er dunkel und streichfähig ist. Er schmeckt würzig und natürlich überwiegend süß.

„Habt ihr noch mal was von Johann gehört?" fragte Hein.

„Ne, leider gar nicht. Der kommt nicht mehr zurück," sagte sie betrübt. Johann war ihr drittältester Sohn. Er war während des Krieges bei Narvik in Norwegen als vermisst gemeldet worden. Seither war keine weitere Meldung eingegangen. Und nach Hause zurückgekehrt war er auch nicht.

„Der verdammte Krieg."

„Zum Glück bist du jetzt wieder da. Ich habe lange um dich gebangt und gezittert. Ob du wirklich wiederkommst....."

Mittlerweile kaute Hein auf dem trockenen Brot herum.

„Kann ich im hinteren Zimmer schlafen? Ist das frei?"

„Nein, das geht nicht. Die beiden hinteren Zimmer habe ich vermietet."

„Wer wohnt denn da?"

„Die Christine, die Tochter von Plum. Die zweite, weißt du. Mit ihrem Mann. Sie haben eine kleine Tochter. Du kannst erstmal oben schlafen. Josef ist für ein paar Tage zu Andres nach Rheydt gefahren und hilft ihm etwas."

„Wobei?"

„Andres hat in Rheydt seinen Betrieb wieder aufgemacht. Er stellt Schnaps her und verkauft ihn. Da kann er Hilfe brauchen.

Andres und Josef waren die beiden ältesten Söhne der Familie. Sie waren zu zehnt gewesen, fünf Jungs und fünf Mädchen. Entsprechend gab es große Altersunterschiede. Andres, der älteste, war ganze 17 Jahre älter als seine kleine Schwester Elli, die jüngste.

„Hast du denn schon Lebensmittelkarten?"

„Eine habe ich nach der Entlassung bekommen. Nur für Brot."

„Dann musst du morgen zum Amt. Dich anmelden und Lebensmittelkarten abholen."

2 Orientierung

Am folgenden Tag konnte er die notwendige Anmeldung auf dem Amt vornehmen. Mit den dort ausgestellten vorläufigen Personalpapieren bekam er dann auch die Lebensmittelkarten. Diese Karten waren nötig, um in den Geschäften Lebensmittel kaufen zu können. Sie wurden von den alliierten Besatzungsmächten, hier also von den Engländern, ausgegeben. Es gab Karten für Brot, für Fleisch, für Zucker und für andere Lebensmittel, die knapp waren. Auch für Seife und Bekleidung wurden Bezugsmarken ausgegeben. Beim Kauf eines Brotes hatte man einen Abschnitt der entsprechenden Karte vorzulegen und dann den Kaufpreis zu bezahlen.

Bei seiner Rückkehr war der Eingang zur Gaststätte verschlossen. Als er klopfte, öffnete ihm Mattjö die Tür.

„Hääsde de Wiertschaff toe?"
„Hast du die Wirtschaft zu?" fragte er seinen Bruder.

„Ja, im Moment lohnt es sich nicht. Ab neun Uhr abends ist Ausgangssperre. Da muss ich geschlossen haben. Oder die Tür abschließen, das Licht ausmachen und hoffen, dass keine Kontrolle vorbeikommt. Und wenn eine Streife der Engländer kommt, hoffen, dass alle, die dann noch da sind, ruhig bleiben, egal wieviel sie getrunken haben, und sich schnell im Keller verstecken. Sonst machen die mir die Wirtschaft zu. Die, die reinkommen, trinken wenig und zahlen mit Geld, was keiner haben will. Was zum Tauschen haben die meisten auch nicht. Wir warten alle auf die ‚Währung‘."

„Was soll denn „Währung" heißen?"

„Neues Geld, das gab es doch schon mal. Dann ist die Reichsmark weg, und wir kriegen die ‚Neue Mark‘ oder so ähnlich. Geld, das auch alle haben wollen und das etwas wert ist. Bevor das nicht kommt, kann es nicht weitergehen. Trinkst du heute mal ein Bier?"

„Ja komm, lass mal probieren, ob es wieder schmeckt."

Mattjö holte zwei Glas Bier und gab seinem Bruder eines.

„Was macht denn unser Billard?"

Er ging in den Nebenraum der Gaststätte, wo das Billard vor dem Krieg gestanden hatte. Ein französisches Billard, also ein Tisch ohne Lochöffnungen in den Ecken. Mit einem Kohleofen unter dem Tisch, so dass das erwärmte Tuch den optimalen Lauf der Kugeln ermöglichte. Doch der Billardtisch war weg. Der Abdruck der Füße am Boden war noch zu sehen. Auch der Kohleofen hatte Abdrücke hinterlassen, war aber verschwunden. Ein Loch in der Wand zeigte an, wo früher das Ofenrohr war.

„Hat vermutlich einer zu Brennholz gemacht, und der Ofen hat bestimmt auch anderswo eine Verwendung gefunden," meinte Mattjö.

„Ja, schade, dass das auch verloren ist. Hat das denn keiner gemerkt, wenn hier so große Sachen wegkommen?"

„Ach, das Haus stand doch monatelang leer. Als die Engländer von den Amerikanern übernahmen, musste das ganze Dorf in ein Lager. Vught in Brabant. Mutter auch. Als sie endlich zurückdurften, war vieles kaputt oder verschwunden."

„Engländer, Amerikaner?"

„Erst kamen die Amerikaner und haben die ganzen Dörfer schnell überrollt. Ein paar Mann, also Deutsche, haben wohl versucht, oben im Haus mit einem Maschinengewehr den Übergang über die Rodebachbrücke zu verhindern. Aber das waren ein paar Mann. Dagegen standen hunderte Fahrzeuge, Panzer, Kanonen und alles Mögliche von den Amerikanern. Die haben ein- oder zweimal zurückgeschossen, dann war hier Schluss und ein Riesenloch in der Hauswand. Als die Amerikaner weiter vorrückten, haben die Engländer hier übernommen. Die haben dann alle Dörfer komplett evakuiert. Alle mussten weg. Mutter auch. Das war im November 1944. Es muss fürchterlich gewesen sein. Das Lager hatten die Deutschen als Konzentrationslager angelegt und dort holländische Juden eingesperrt. Sehr viele haben das nicht überlebt oder wurden nach Polen gefahren und dort umgebracht. Genau in dieses Lager haben die Engländer die Bevölkerung der Selfkantdörfer gebracht und dort wie Gefangene behandelt. Schlechtes Essen, unmögliche Zustände, Schlafsäle mit 200 Betten, einen einzigen Ofen für eine große Baracke. Viele, die dahin gebracht wurden, waren ja alte Leute oder Frauen mit Kindern. Es gab ständig Todesfälle. Im Frühjahr durften wenige zurück in die Dörfer, um die Felder zu bestellen. Alle anderen kamen erst im Sommer wieder zurück. "

In der Ferne war jetzt das Pfeifen der Kleinbahnlokomotive zu hören. Mattjö horchte auf. Es kam wieder ein Zug.

Hein sah sich im Raum um und fragte, „Wer hat denn hier getagt?"

Damit deutete er auf ein paar zusammengeschobene Tische in der Ecke des Raumes. Zwei Aschenbecher auf den Tischen waren mit Asche und Kippen gefüllt. Auf den Tischen waren Flecken von Tassen und Gläsern.

„Hier haben einige Holländer gesessen, gestern oder vorgestern. Grenzkommission. Zwei Zöllner, zwei Polizisten und vier Mann, die Krawatte trugen. Die wollten ein extra Zimmer ohne Zuhörer und haben Kaffee verlangt – in einer Wirtschaft Kaffee verlangt, Leute gibt's. Soweit ich das mitbekommen habe, ging es darum, dass die Dörfer hier alle holländisch werden sollen."

„Was? Wieso das denn?"

„Ja, den Krieg haben wir verloren. Die Holländer haben viel gelitten unter den Deutschen und wollen jetzt als Ausgleich ihr Gebiet vergrößern. Das ganze Gebiet mit allen Dörfern bis ran an Geilenkirchen und Heinsberg soll niederländisch werden."

„Was? Dann werden wir ja alle Holländer."

„Na mal langsam. Erstmal werden die Dörfer holländisch. Aber schauen wir mal, das ist ja wohl noch nicht beschlossen. Erst hat es geheißen, dass alle Deutschen raus müssen. Also eine Vertreibung wie im Osten. Schlesien und Pommern, da müssen alle Deutschen raus. Das ist aber für den Selfkant wohl vom Tisch. Das kommt nicht. Aber ich habe es so verstanden, dass wir Deutsche bleiben, aber in Holland leben. Aber jetzt muss ich mal nach der Bahn gucken, wenn da viele „Hamsterer" drin sind, mach ich die Wirtschaft auf."

„Ich muss auch mal raus. Ich glaube, ich habe das Bier nicht vertragen. Mir wird schlecht."

Damit gingen sie zunächst zurück in den Gastraum und traten dann vor das Haus. Der Zug rollte gerade ein. Seit 1853 gab es die durchgehende Bahnverbindung von Aachen nach Mönchengladbach mit dem Halt in Geilenkirchen. Da aber das Umland von dieser Verkehrsachse abgeschnitten war und der Kreis Geilenkirchen von der Bahnlinie eher durchschnitten wurde als angebunden war, wurde zur Anbindung eine Kleinbahnstrecke von Alsdorf über Geilenkirchen nach Tüddern mit einer Ein-Meter -Spur gebaut und im Jahre 1900 in Betrieb genommen. Diese ersetzte den bisherigen Postkutschenverkehr. Auf der Strecke wurden Dampflokomotiven eingesetzt. Innerörtlich durfte ein Zug mit einer maximalen Geschwindigkeit von 10 Stundenkilometern fahren, außerörtlich waren, wenn die Strecke dies zuließ, sogar 30 km/h erlaubt. Durch die neue Bahn erhielten die Bewohner des Selfkantes also Zugang zum Eisenbahnnetz. Nur in Alsdorf, Geilenkirchen und Tüddern waren bahneigene Bahnhofsgebäude errichtet worden. An den übrigen Stationen entstanden privat betriebene Gebäude, die häufig mit einer Schankwirtschaft verbunden waren, so wie in Wehr.

Der einrollende Zug war dieses Mal mit Güterwaggons bestückt. In den Waggons hatten bis zum Eintreffen in

Wehr etwa 50 Personen gestanden, die jetzt hektisch zu einem großen Teil die Waggons verließen und in verschiedenen Richtungen davonstrebten. Etwa zwanzig Fahrgäste blieben im Zug, diese wollten offenbar bis zur Endstation Tüddern fahren. Keiner blieb am Bahnhof oder wollte in die Gaststätte.

„Vor der Rückfahrt kommen vielleicht welche rein", tröstete sich Mattjö. „Jetzt blüht wieder der Schwarzhandel. Alles, was die mitgebracht haben, wird getauscht: Uhren, Ringe, Ketten, Silberbesteck, alles, was die Leute noch haben."

„Ist doch für beide Seiten gut – oder nicht?" fragte Hein.

„Na, es ist schon verboten. Wer erwischt wird, wird hart bestraft. Die Bauern sind verpflichtet, ihre Ernte und ihr Schlachtvieh, falls überhaupt vorhanden, offiziell und legal zu verkaufen. Und das zu vorgegebenen Preisen."

„Aber auf dem Schwarzmarkt kriegen sie mehr – oder?"

„Deutlich mehr, vor allen Dingen kriegen sie da kein Geld, was fast wertlos ist. Aber es ist nicht ungefährlich."

„Ach, wer soll das denn kontrollieren?"

„Doch, doch, es hat schon Razzien gegeben. Und jederzeit kann sich ein vermeintlicher Hamsterer auch als Kontrolleur erweisen. Und dann wird's heftig."

„Ach, so schlimm wird das schon nicht sein."

„Doch, doch, die Gefahr ist da. Eine Frau wurde erwischt, weil sie Butter auf dem Schwarzmarkt gekauft hat. Hier im Selfkant. Die Strafe vom Schnellrichter: Dreihundert Reichsmark oder sechs Wochen Gefängnis!"

„Ach, hör auf."

„Doch! Ein Bauer aus Hastenrath hat wegen Schwarzschlachtung zwei Monate Gefängnis erhalten, keine Umwandlung in eine Geldstrafe möglich."

„Puh, das hätte ich nicht gedacht. Alle machen das doch nur, um in der Not zurecht zu kommen."

Als sie gerade im Begriff waren wieder hineinzugehen, erschütterte ein lauter Knall die ganze Gegend. Die Scheiben in den Fenstern bogen sich ein, hielten dem Druck aber stand. Die beiden Brüder sahen sich an. Dieses Geräusch hatten sie im Krieg oft genug hören müssen. Aber jetzt und hier – drei Jahre nach Kriegsende?

„Was war das? Hörte sich wie eine Bombe an, " meinte Hein.

„Eher eine Mine," grübelte Mattjö. „die Felder sind hier vermint worden, und viele Minen liegen immer noch da."

„Aber warum haben die Amerikaner denn Minen gelegt, die hatten die Deutschen doch schon überrollt?"

„Ne, ne, ne. Unsere Deutschen haben die Minen gelegt, um die Amis aufzuhalten. Die haben nicht geahnt, dass die in dieser Stärke einfach hier durchfahren und viele Dörfer quasi kampflos übernehmen."

Sie blieben noch stehen und horchten, aber es geschah weiter nichts. Dann hörte man ein Motorengeräusch. Ein Jeep mit englischen Besatzungssoldaten fuhr vor, bremste scharf. Vier junge fast jugendliche Soldaten sprangen heraus und machten sich daran, in die Wirtschaft einzutreten.

„Äh, ich habe eigentlich noch zu," versuchte sich Mattjö bemerkbar zu machen. Aber die vier neuen Gäste ließen sich nicht aufhalten. Kaum drinnen, bestellte der erste in gebrochenem Deutsch:

„Viier Whisky, bittä".

Mattjö guckte konsterniert und wusste nicht, was er entgegnen sollte. Whisky – was soll das? In einer Selfkantwirtschaft gibt es keinen Whisky. Die vier Soldaten lachten jetzt lauthals los und konnten sich gar nicht mehr einkriegen vor Lachen, bis einer sagte:

„Viier Bier, ist schon okay."

Mattjö war erleichtert und machte sich daran, Bierflaschen zu öffnen und die Gläser einzuschenken. Die vier Gäste hatten sich an die Theke gestellt, tranken ihr Bier, die beiden Brüder standen hinter der Theke. Da flog die Tür auf. In der Tür stand ein Mann mit hochrotem Kopf und rief:

„Paul ist tot. Paul ist tot."

„Ach, kann nicht," winkte Mattjö ab, „der war gestern noch auf ein Schnäpschen hier."

Aber der Ankömmling ließ sich nicht beirren. „Auf dem Feld. Kurz vor Hillensberg. Hat wohl mit dem Pflug eine Mine erwischt. Alle haben den Knall gehört. Aber keiner wusste, wo er herkam. Nöll hat ihn dann gefunden. Er lag auf dem Feld, aber es war nichts mehr zu machen, er war schon tot. Ich fahr jetzt zum Pastor und sag ihm Bescheid. Einer muss es ja der Familie sagen."

Mit diesen Worten ging der Mann hinaus. Kurz darauf sah man ihn mit dem Fahrrad davonfahren. Zunächst schwiegen alle betreten.

„Hört das denn nie auf?" begann Mattjö die Stille zu durchbrechen. „Seit Ende des Krieges sind immer wieder Bauern auf den Feldern auf Munition gestoßen, selten geht es gut aus, häufig wird jemand schwer verletzt, manchmal kommt auch einer zu Tode – so wie jetzt. In und um Höngen ist es besonders schlimm. Da sind schon zwanzig Menschen zu Tode gekommen, darunter auch Kinder."

„Ich glaube, das wird noch fünf Jahre dauern, bis alle Blindgänger und Minen unschädlich gemacht sind. Vielleicht sogar noch etwas länger," mutmaßte Hein.

Die vier Soldaten wollten jetzt schnell weg. Eigentlich sollten sie den Kontakt zur Zivilbevölkerung meiden. Bevor das jetzt hier einen großen Menschenauflauf wegen des Unglücks gibt, wollten sie lieber auf und davon.

„Geld oder Zigaretten – Lucky Strike?" fragte einer nach dem gewünschten Zahlungsmittel.

„Englisches Geld?" fragte Mattjö zurück.

„No, deutsch," kam als Antwort. So wurde denn in der Zigarettenwährung bezahlt. Dann waren die Soldaten genauso schnell weg, wie sie gekommen waren.

3 Im Keller

In den folgenden Tagen begann Hein allmählich, sich wieder an den Rhythmus des Lebens in der Heimat zu gewöhnen. Als er einige Tage später mit seiner Mutter zusammensaß, fragte sie:

„Was willst du denn jetzt machen? Also ich meine, wenn du wieder ganz gesund bist."

„Tja, das weiß ich auch nicht," meinte Hein. „Erst habe ich ja gedacht, ich könne die Gastwirtschaft übernehmen. Aber das macht Mattjö ja schon."

„Ja, und da hat er auch schon eine Menge Arbeit reingesteckt. So wie das jetzt hier aussieht, war das ja anfangs nicht. Er hat da monatelang gearbeitet und vorbereitet und gekämpft, dass er eine Schankerlaubnis kriegt. Das Bierbrauen kannst du auch erstmal vergessen."

Vor dem Krieg hatte sein Vater eine kleine Hausbrauerei betrieben. Für den Ausschank in der eigenen Gaststätte, aber auch für Wirtschaften in der Umgebung. Das Bier war bei den Leuten beliebt und hatte die Grundlage des früheren bescheidenen Erfolges des Vaters gebildet.

„Der Sudkessel ist weg. Die großen Filter auch. Ich wüsste nicht, wo man in diesen Zeiten neue herkriegen sollte."

„Ja, Bierbrauen war sowieso nicht so mein Ding. Vater und Andres konnten das am besten. Ich gehe gleich mal in den Keller und schau mir an, wie es da jetzt aussieht."

„Da gehe ich lieber mit, da kannst du mit deinem Arm ja gar nichts machen."

Gemeinsam stiegen sie die Treppe hinunter. Es war eigentlich mehr ein Gewölbe als ein Keller. Die Decke des Kellers bildete keine gerade Fläche, sondern bestand aus Bögen. Die Mauern waren zusammengeführt zu Rundungen. Die Außenmauern des Kellers hatten so eine enorme Dicke.

„Das Licht geht nicht," sagte Hein.

„Ne, das geht schon," sagte seine Mutter. „Aber wir haben nur montags, mittwochs und freitags für drei Stunden Strom. In der übrigen Zeit müssen wir ohne Strom klarkommen."

„Oh, ja dann ohne Licht."

Obwohl er sofort beim Betreten des Kellers daran gedacht hatte, wie oft er sich im Leben in diesem Keller schon den Kopf gestoßen hatte, passierte genau das schon nach kurzer Zeit. Autsch! Der Gewölbekeller hatte schon seine Tücken. Dafür hatte er zwei Weltkriege aber schadlos überstanden.

Zunächst sahen sie im Schein einer Kerze einen Raum mit kleinen Vorräten für die Gastwirtschaft: Flaschenbier, zwei kleine Bierfässchen, einige Flaschen mit verschiedenen Schnäpsen. Zwei Kartons mit Biergläsern, völlig verstaubt, wahrscheinlich noch Vorkriegsware. Dieser Raum war mit einer Tür aus zusammengenagelten Latten verschlossen, die ihnen gleichwohl ermöglicht hatte, zu sehen, was dahinter war.

Der nächste Raum bot ein wildes Durcheinander unterschiedlicher Gegenstände wie Tische, Stühle und Teile der alten Theke. All diese Gegenstände hatten eins gemeinsam, sie waren beschädigt oder zerstört. Hein kletterte über die ersten Stühle hinweg, um zu sehen, was sich im hinteren Teil des Raums befand. Er zündete zwei weitere Kerzen an und stellte sie möglichst günstig auf, um was sehen zu können.

„Hier ist noch was anderes dahinter. Wir müssen mal Platz machen."

Er kletterte wieder zurück, und mit Hilfe seiner Mutter begann er Stück für Stück aus dem Raum herauszuziehen. Nach einer Viertelstunde war das Gerümpel heraus, und man sah, dass im hinteren Teil des Raumes weitere Gegenstände lagerten, die aber durch ehemals weiße Tücher abgedeckt waren.

„Ach guck an. Korbflaschen!" stellte Hein fest. Hinter den Tüchern erschien ein Berg von Korbflaschen. Das sind Glasballons von fünf oder zehn Litern Fassungsvermögen, die in eigens dafür geflochtenen Weidenkörben stecken, damit sie nicht so schnell zerbrechen. Passgenaue Deckel mit einer Öffnung für den Ausguss aus Weidengeflecht schließen den Korb ab. Holzwolle diente als Füllmaterial und sorgte dafür, dass Glasbehälter und Weidenkorb genau zueinander passten. In diesen Korbflaschen wurden die Weinbrände und Schnäpse abgefüllt, die sie früher hergestellt hatten und dann so an die Gastwirte der Umgebung auslieferten.

„Zwölf, dreizehn, vierzehn und die dahinter, etwa zwanzig und auf der anderen Seite das sind mehr vielleicht dreißig, also ungefähr fünfzig," zählte Hein durch „und was haben wir hier?"

Mit dem gesunden Arm zog er einen Karton mit Deckel nach vorne, den er dann vorsichtig öffnete. Er griff hinein und zog einen Stapel loser Papiere von kleinem Format heraus. Er hielt ein Blatt ins Licht, schaute und sagte:

„Etiketten. Flaschenetiketten. Alter Rheinländer, 32 Volumenprozent, das war mal ein Renner bei uns, und noch mal und noch mal, bestimmt noch 100 Etiketten, Und das hier: Doppelwacholder, 38 Volumenprozent, so was wie der deutsche Genever, ach guck: Klarer. Erstaunlich, dass die noch da sind!" Er suchte weiter und entdeckte hinter den Korbflaschen noch einfache Glasflaschen. Weiße und grüne durcheinander, meist von 0,7 l Fassungsvermögen, so wie bei Schnapsflaschen damals üblich.

„Willst du die ‚Destillerie und Likörfabrik' wieder aufmachen?", fragte seine Mutter neugierig.

„Hm, mal sehen," grübelte Hein.

„Ich glaube, sich auf das Bauen und Mauern zu verlagern wäre jetzt auch nicht schlecht," brachte die Mutter eine neue Idee ins Spiel. „Alles ist kaputt. Es muss überall gebaut werden. Das wird Jahre dauern, bis alles wieder aufgebaut ist. Das, was erhalten geblieben ist, hält auch nicht mehr ewig, auch das wird dann irgendwann erneuert werden müssen. Mach doch ein Baugeschäft auf. Dann stellst du ein paar Leute ein. Erstmal einen Maurer und einen Helfer. Du brauchst am Anfang wenig

Geräte oder Maschinen. Du wirst sehen, wie schnell der Laden dann läuft. Überall muss doch gebaut werden. Das hat jetzt Zukunft, glaube es mir."

Hein war skeptisch. Er deutete auf seinen gebrochenen Arm.

„Mit dem Arm, das wird schon wieder. Du wirst sehen. Glaube mir, das Bauen hat eine Zukunft. Überall herrscht Wohnungsnot. Wir brauchen dringend die, die Häuser bauen oder wenigstens reparieren. Bis alles wieder so ist, wie vor dem Krieg wird es Jahre dauern."

„Ne, das ist aber nicht meins. Ich bin nicht der Maurer oder der Bauunternehmer."

Seine Mutter seufzte auf und sah wohl ein, dass sich ihr Vorschlag nicht durchsetzen würde.

„Hallo, jemand hier?" ertönte eine Stimme aus dem Dunkel heraus. Eine Gestalt war im schwachen Licht zu erkennen, die näher kam.

„Wer ist da?" rief Hein.

Die Person war jetzt so nah, dass man sie im Licht der Kerze erkennen konnte.

„Josef?"

„Hein?"

Sein älterer Bruder war von seinem Besuch aus Rheydt zurückgekehrt. Schweigend begrüßten sich die Brüder. Josef klopfte dem Jüngeren auf die Schulter und musste sich erstmal fassen. Schließlich fragte er:

„Was wollt ihr denn hier mit dem alten Krempel?"

„Na ja, alter Krempel, wenn man das alles sauber macht, kann man es auch wieder gebrauchen," entgegnete Hein. „Ist denn sonst noch was da?"

„Ne, die geeichten Zinkgefäße zum Abmessen und die Trichter sind weg. Die Sachen aus Glas, also die Messzylinder und die Alkoholometer, waren nur noch Scherben. Warum fragst du? Willst du wieder Schnaps machen?"

„Hm, mal sehen. Wie war es bei Andres in Rheydt? Läuft das Geschäft?"

„Tja, es läuft an, aber es macht viel Arbeit und bringt im Moment noch so gut wie nichts ein," berichtete Josef. „Aber wenn das neue Geld da ist, sieht es hoffentlich anders aus."

„Tja, das kann auch noch lange dauern," vermutete Hein.

„Ne, am Sonntag!"

„He? Wie meinst du das?"

„Habt ihr noch nicht gehört? Am Sonntag kommt das neue Geld. Deutsche Mark soll es heißen. Währungsreform. War in Rheydt schon bekannt. Jeder kriegt vierzig D-Mark für vierzig Reichsmark. Alle gleich viel. Und dann kommen hoffentlich bessere Zeiten."

Hein sah ihn zweifelnd an.

4 Währungsreform

Am folgenden Sonntag machte Hein sich zu Fuß auf den Weg zur Gastwirtschaft „Stina" in Süsterseel. Auf den Straßen waren ungewöhnlich viele Leute für einen Sonntagvormittag unterwegs. Alle hatten das gleiche Ziel: die Umtauschstelle für das neue Geld: Die D-Mark. Vor der Gastwirtschaft Stina hatte sich eine Schlange von über hundert Leuten gebildet, die es alle kaum abwarten konnten, die Scheine des neuen Geldes in der Hand zu haben. Englische Soldaten führten unaufgeregt den Umtausch durch. Bewaffnete Uniformierte an der Tür und draußen vor dem Lokal sorgten für Ordnung und verschafften sich den Respekt der Leute, damit nicht alles im Chaos endete.

„Haben alle den Personalausweis dabei? "rief einer der Soldaten im lupenreinen Deutsch. Zustimmendes Gemurmel war die Antwort der Leute in der Schlange.

„Und die Lebensmittelkarte? Sie brauchen auch die Lebensmittelkarte! Wer sie vergessen hat, geht sie jetzt noch holen. Aber wieder zurückkommen, das Kopfgeld gibt es nur heute. Ohne Personalausweis und Lebensmittelkarte gibt es kein neues Geld," rief der Soldat wieder.

Einige scherten aus der Schlange aus und gingen offensichtlich die fehlenden Papiere holen.

In der Gaststube saßen einige Offiziere, kontrollierten Papiere, registrierten die Leute und zahlten vierzig neue D-Mark gegen den gleichhohen Betrag an Reichsmark aus. Von der Theke aus beobachteten die Wirtin Stina und ihre Tochter das Geschehen und boten gerne Bier und ein Schnäpschen denen an, die das neue Geld schon hatten.

„Na, Hein, eingelebt?" erscholl es hinter ihm aus der Schlange. Der angesprochene drehte sich um und erkannte den, den er schon im Zug getroffen hatte.

„Jupp!" grüßte er ihn.

„Was ist denn mit dem anderen Geld, das wir noch haben, was passiert damit?" wollte Jupp wissen.

„Erst mal nichts. Wahrscheinlich wertlos," meinte Hein.

„Im nächsten Monat wird noch mal umgetauscht. Also gut verwahren," steuerte sein Hintermann bei.

„Was auf dem Sparbuch ist, soll auch umgetauscht werden," sagte eine Frau, die vor ihm in der Schlange stand. Beide kannte Hein nicht, wahrscheinlich Zugezogene oder Flüchtlinge, die hier gestrandet waren.

„Ja, ja," ereiferte sich Jupp. „Was auf der Bank liegt wird nur 1:10 umgetauscht. Da bleiben von tausend Mark nur hundert übrig."

„Ist das so?" fragte Hein. Mehrere schauten ihn an und nickten nur stumm.

Eine Stunde später hielt er die neuen Scheine zum ersten Mal in der Hand. Hein betrachtete einen der neuen Geldscheine, hielt ihn gegen das Licht, fühlte mit zwei Fingern, wie er sich anfühlte, und stellte schließlich fest: „Irgendwie sieht der amerikanisch aus." Er wollte schon den Schankraum verlassen, als ihm die Wirtin zurief:

„Ein Schnäpschen, Hein? Ich hab was Besonderes für dich."

Er schaute überrascht auf Stina und fragte: „Etwas Besonderes?"

Ohne weitere Worte stellte ihm die Wirtin einen Stamper hin, holte unter der Theke eine Falsche hervor und goss ihm davon ein. Hein nippte an dem Glas und stellte fest: „Wacholder."

„Ja," triumphierte die Wirtin, „und zwar von euch!"

„Wie das denn?" zeigte sich Hein irritiert.

„Tja, ich kann zaubern!" sagte Stina keck und kostete Heins Irritation weidlich aus.

„Erzähl!" forderte Hein.

„Wir haben vor der Evakuierung nach Vught eine Holzkiste mit Wertsachen im Garten vergraben. Und dabei auch noch vorhandene Schnapsflaschen mit in die Kiste getan. Dann alles anderthalb Meter tief in die Erde, zugeschüttet und später oben drauf ein Feuer gemacht, damit keiner drauf kommt, dass da was liegt. Was soll ich dir sagen: Es war später noch alles da, und den Schnaps kann man noch gut trinken. Aber du bist der erste, der was davon kriegt. Wir wollten das bis nach der Währungsreform zurückhalten."

Hein war verblüfft.

Die Gaststätten oder wie man hier sagte ‚Wirtschaften' waren ein zentraler Teil des dörflichen Lebens. Das galt auch für ‚Stina' und die anderen Wirtschaften in Süsterseel. Sie waren der bedeutendste Ort für

Nachrichten über alle Ereignisse der näheren und weiteren Umgebung. Sie waren aber auch Brutstätte und Multiplikator für Halbwissen, Mutmaßungen und aus der Luft gegriffene Gerüchte. Hier traf man sich, hier tauschte man sich aus, mehr noch als im Gottesdienst in der Kirche, denn da durfte man sich ja nicht unterhalten. Jeder noch so kleine Ort hatte eine, nein mehrere Wirtschaften. Der Ort Wehr kam bei gerade mal tausend Einwohnern zeitweise auf vier Gaststätten. Viele hatten schon am Vormittag geöffnet. Wer vorbeikam, kehrte dort ein. Vielleicht nur auf ein Bierchen und eine Viertelstunde, aber so erfuhr man Neues oder konnte das loswerden, was man gerade erlebt oder erfahren hatte. Dort traf man Bekannte und pflegte Freundschaften. Manche Gäste kamen am Nachmittag herein, andere nach Feierabend. Oder eben erst abends zum Kartenspiel oder zum Knobeln. Wer eine Lokalrunde gab, machte sich beliebt, wurde vielleicht sogar durch ein Liedchen geehrt. Wer aber zu häufig Runden gab, stieß genauso schnell auf Misstrauen und Skepsis. Alle Wirtschaften wurden vom Inhaber geführt. Weiteres Personal – mit Ausnahme der Familienangehörigen - war in der Regel nicht nötig. Es sei denn, es war gerade Kirmes. Eng verbunden mit den Wirtschaften waren die im Ort ansässigen Vereine. Es gab Fußballvereine, die freiwillige Feuerwehr, den Turnverein, den Kirchenchor, Trommler- und Pfeiferchorps und vor allen Dingen den Schützenverein. Jeder Verein hatte in der Regel ein Vereinslokal. Hier traf man sich, führte Besprechungen durch, fand ein Zuhause für den Verein, feierte und trank. Getrunken wurden Bier und Schnaps. Auch tagsüber. Damit war diese „Gasthauskultur" auch dafür verantwortlich, dass viel, häufig zu viel Alkohol konsumiert wurde. Aus

Genuss wurde schnell Übermaß oder Missbrauch, nicht jeder kannte da seine Grenze. Ein weiteres Problem war: Die Wirtschaften wurden fast ausschließlich von Männern besucht. War eine Frau in einer Wirtschaft, war es meist die Wirtin, eine Familienangehörige oder jemand in Begleitung eines Mannes. Der Besuch der Gaststätten war also praktisch reine Männersache.

5 Kleinbahnfahrt

Er ging aus dem Haus, als er das Pfeifen der Lokomotive hörte. Kurz darauf fuhr der Zug ein. Wie immer war die Lok zwar vorne, fuhr die Strecke in Richtung Geilenkirchen aber rückwärts. An diesem Vormittag war nicht viel los auf dem Bahnsteig. Nein, Bahnsteig konnte man das eigentlich nicht nennen, eher ein Stück plattgetretenes Gras. Außer ihm wartete nur eine junge Frau im langen Mantel darauf, in den Zug einsteigen zu können. Sie stieg auf die vordere Plattform des ersten Waggons und betrat den Wagen. Hein folgte ihr. Sie setzte sich im Waggon gleich auf die erste Bank, sie nickte Hein grüßend zu und sagte dann:

„Ach, du bist Hein richtig?"

„Ja, ehm Fine von Plum? Ja, Fine," bestätigte er sich selbst.

„Ja, genau, lange nicht gesehen, bestimmt bald zehn Jahre. Ich wusste nicht, dass du zurück bist. Wo bist du gewesen?"

„Russische Kriegsgefangenschaft. Vier Jahre"

„Russische? Ich hörte, du warst in Paris."

„Ja, auch. Lange Geschichte. Und du? Auf dem Weg zur Arbeit nach Birgden? Immer noch bei Schniewind?"

„Ne, ne, schon lange nicht mehr. Ich fahr zurück nach Gelsenkirchen."

„Gelsen...?"

„Ja, da wohne ich. Noch. Vielleicht komme ich auch zurück. Auch ne lange Geschichte."

Was du kannst, kann ich auch, dachte sie sich.

„Und wo willst du jetzt hin?" fragte Fine.

„Ich fahre nach Rheydt zu unserem Andres. Ich schaue mir an, was der so macht in seinem Betrieb und hoffe, er kann mir weiterhelfen."

Der Zug fuhr jetzt los, schnaubte mächtig und ratterte in Richtung Bahnhof Süsterseel. Der einzige weitere Fahrgast in diesem Waggon stieg in Süsterseel aus, so dass die beiden jetzt allein übrigblieben.

„Es ist gar nicht so einfach darüber zu reden, was da alles passiert ist, während des Krieges. Man muss das erstmal in seinen Kopf reinkriegen. Ich glaube, so im Zusammenhang, habe ich das noch nie erzählt." sagte Hein, fasste sich ein Herz und fing an zu erzählen.

„Ich bin ja 1938 eingezogen worden. Nach Aachen. In die Kaserne oben auf der Trierer Straße. Nach Ausbruch des Krieges blieben wir erst in Aachen und wurden dann aber im nächsten Jahr in Paris eingesetzt. Die Stadt war schon von deutschen Truppen besetzt, und wir waren praktisch die Aufpasser, die Besatzer. Ich war Fahrer, musste Kurierfahrten machen in der Stadt aber auch in andere Teile Frankreichs, in die Normandie und die Bretagne bis rauf nach Brest. Oder ich fuhr die Herren

Offiziere zu Terminen in der Stadt herum. Dienstlich oder privat. Das ging über Jahre so. Da konnte man auch mal zum Heimaturlaub kommen. Das konnte ich 1940, als mein Vater im Sterben lag. In Paris passierte nicht viel Spektakuläres, und vor allen Dingen war es nicht so gefährlich. Andere lagen im Schützengraben, waren im Kampf, sahen Sterben ringsherum. Die Herren Offiziere in Paris ließen es sich manchmal gutgehen. Sie hatten die Zeit, sich um die schönen Dinge des Lebens zu kümmern. Und das mitten im Krieg. Da wurden Parfums besorgt für ihre Frauen in Berlin: Chanel Nummer Fünf und Quelques Fleurs de Houbigant. Normalerweise unbezahlbar. Man ließ sich Käse servieren, Sorten, von denen hatte ich noch nie gehört. Sie tranken gute Weine und Champagner und Cognac. Ich als Gastwirtssohn konnte den Mundschenk spielen, und so manches Mal fiel auch was für mich ab. Das war schon nicht schlecht. Aber das war nicht immer so. Es gab auch unangenehme Situationen. Schließlich waren wir die Besatzungsmacht, die in Paris keiner wollte. Wenn man uns schaden konnte, hat man das auch gerne getan. Es gab immer wieder Anschläge von der Resistance. Bei jeder Autofahrt gerade außerhalb von Paris, fuhr auch immer die Unsicherheit mit, es könnte etwas passieren. Mir ist aber nie etwas passiert. "

Mittlerweile hatte der Zug Gangelt erreicht. Ein junger Bahnbediensteter stieg in den Waggon. Er lächelte Fine zu und meinte:

„Na, große Schwester, zurück ins Ruhrgebiet?"

„Ja," meinte diese knapp und an Hein gewandt, „Meinen Bruder kennst du noch?"

„Nein, eigentlich nicht. Der war doch erst so groß, als wir uns zuletzt gesehen haben," meinte Hein und machte eine entsprechende Handbewegung, mit der er die Körpergröße des Kindes andeutete. „Ihr seid ja alle so viel jünger als ich". Er winkte dem jungen Plum grüßend zu.

Als der Zug weiterfuhr, setzte Hein seine Erzählung fort.

„Irgendwann 1944 kam dann das jähe Ende der Zeit in Paris. Marschbefehl an die Ostfront. Alle Mann rein in einen Zug und dann sind wir tagelang gefahren. Durch Österreich durch, an Wien vorbei, nach Ungarn rein und an Budapest vorbei, dann kam Bukarest in Rumänien und immer weiter Richtung Schwarzes Meer. Irgendwann hielt der Zug mal wieder an und war von russischen Soldaten umstellt. Das war in Constanza in Rumänien. Ohne dass auch nur ein Schuss gefallen ist, sind wir in russische Kriegsgefangenschaft geraten. Und wieder ging es per Zug weiter, tagelang in den Kaukasus hinein. Das Lager, in das wir gebracht wurden, gehörte zu Tiflis, das ist in Georgien, obwohl ich Tiflis nie gesehen habe. In dem Lager waren mehr als 1200 Kriegsgefangene und entsprechend viele russische Wachsoldaten. Zu essen gab es Brot und Suppe. Jeden Tag. Aber viel zu wenig. Natürlich mussten alle schwer arbeiten. Ich gehörte zu einer Gruppe, die auf mehr als 2000 Metern Höhe gearbeitet hat. Am Kasbek, einem der höchsten Berge des Kaukasus. Wir mussten die Straße bauen und das in der Höhe bei der dünnen Luft. Da oben kochte das Wasser schon bei 80 Grad.

„Was?" fragte Fine ungläubig, „das geht doch gar nicht."

„Doch, doch," Hein ließ sich nicht beirren. „Weil der Luftdruck so niedrig ist, da kocht das Wasser schneller.

Dann die Kälte da oben. Viele sind krank geworden, viele sind im Lager gestorben. Schrecklich. Junge Kerle, vorher kerngesund und dann sind sie plötzlich weg. Das Lager wurde ständig mit neuen Kriegsgefangenen „aufgefüllt", die vorher woanders waren. Auch ich habe im Laufe der Zeit immer mehr abgebaut, Gewicht verloren. Du siehst ja, wie mager ich jetzt bin. Briefe schreiben war nicht erlaubt. Feldpostkarten nur alle paar Monate. Und auch die wenigen Postkarten kamen nicht alle durch. Karten von mir an meine Mutter sind nie angekommen. Karten meiner Mutter haben mich nie erreicht. Von denen erfuhr ich erst durch eine Karte meines Bruders Andres. Nach vier Jahren war ich körperlich so weit runter, dass ich mir bei einem einfachen Sturz auf der Baustelle den Arm gebrochen habe. Bei vollen Kräften wäre das nicht passiert, ja dann wäre ich noch nicht mal gestürzt. Mit gebrochenem Arm sollte ich weiterarbeiten, aber das ging natürlich nicht mehr so gut und tat höllisch weh. Wahrscheinlich kam deshalb meine Entlassung plötzlich zustande. Tja, und jetzt bin ich wieder hier."

Fine schwieg erstmal und war von der Erzählung beeindruckt. Auch Hein sagte jetzt nichts mehr. Der Zug hatte schnaufend seine Fahrt fortgesetzt und wurde jetzt allmählich langsamer.

Nach einiger Zeit begann jetzt Fine ihrerseits zu erzählen.

„Ich habe ja einige Jahre bei Schniewind in Birgden gearbeitet. Das war eine große Weberei mit mehr als 500 Beschäftigten und hunderten von Webstühlen. Meistens habe ich genäht, mit der Maschine natürlich. Aber je länger der Krieg dauerte, umso mehr Männer wurden eingezogen und mussten an die Front. Die Arbeit der

Männer wurde dann auf uns Frauen übertragen. So wurde ich zur Schlosserin angelernt. Das hat mir überhaupt nicht gefallen, aber ich hatte keine Wahl. Ah, wir sind in Schierwaldenrath."

Hein nickte nur kurz, während der Zug in den Bahnhof einfuhr, wo schon der Gegenzug wartete.

„Hier ist Anfang September 44 ein Zug beschossen worden," fuhr Fine fort. „Dreißig Leute im Zug sind ums Leben gekommen. Dreißig Leute in einem Zug. Dreißig Leute, die eine Station vorher noch nichts von dem ahnten, was dann kam. Ein Luftangriff, vermutlich Engländer. Der Zug war zerstört, die Strecke nicht mehr befahrbar. Man hat noch versucht, was zu reparieren, aber die Leute, die man dafür brauchte, waren nicht da, die waren an der Front. Außerdem wurde das Bahnfahren zu gefährlich. Der Angriff hätte sich ja jederzeit wiederholen können. Also wurde der Bahnbetrieb eingestellt. Wir waren von dem Unglück nicht betroffen. Mein Vater war zu diesem Zeitpunkt schon in die Evakuierung geschickt worden. Mit Mutter, meiner kleinen Schwester und mir. Wir kamen nach Lauchhammer in der Lausitz. Eine Braunkohlegegend. Wir wurden bei Leuten einquartiert, die von unserem Einzug natürlich nicht begeistert waren. Vater konnte sofort wieder bei der Bahn weitermachen, Züge begleiten, Fahrkarten kontrollieren und für Ordnung am und im Zug sorgen. Ich fing bei den Lauchhammerwerken an. Eine Firma, die große Geräte für den Braunkohleabbau herstellt. Schaufelradbagger und so etwas.

Ich wurde erstmal Umschülerin und sollte lernen, was zu tun ist. Auch in Lauchhammer fehlte es an den Männern, die im Krieg waren. Deshalb sollte ich auch wieder bei den Schlossern arbeiten. Aber es kam anders. Ich wurde krank, bekam Fieber, ich hatte Kopfschmerzen, hustete, das Fieber stieg immer weiter. Ich kam ins Krankenhaus. Dort stellte man fest: Ich hatte Typhus. Es war wohl zeitweise so schlimm, dass alle dachten, ich würde es nicht überleben. Das war eine harte Zeit. Es kam mir so vor, als würde es ewig dauern, ich hatte enorme Schmerzen, litt und war so schwach, dass ich nicht mehr aufstehen konnte. Erst allmählich kehrte ich danach ins Leben zurück und habe Wochen gebraucht, um wieder zu Kräften zu kommen.

Der Zug war mittlerweile kurz vor Birgden und verlangsamte seine Fahrt deutlich. Beim Blick aus dem Abteilfenster sah man die vielen beschädigten und zerstörten Häuser.

„Hier sieht es übel aus," bemerkte Hein. „Birgden hat wohl viel abbekommen vom Krieg."

„Ja, die Amerikaner waren bis Birgden zügig vorgerückt, aber dann kam die Front zum Erliegen. Die Amerikaner setzten sich hier fest, die Deutschen hielten Schierwaldenrath. Fünf Monate lang haben die sich gegenseitig beschossen und dabei viel zerstört. Allein die Fabrikgebäude von Schniewind wurden mehr als siebzigmal getroffen," wusste Fine zu berichten.

Jetzt sah man in unmittelbarer Nähe des Bahndamms das Wrack eines amerikanischen Shermann-Panzers, olivgrün mit dem weißen Stern der US-Armee. Der Panzer wies Einschusslöcher auf, und die schwarzen Spuren am Einstiegsturm zeigten, dass er ausgebrannt war. Drei

Männer waren mit Schneidbrennern dabei, das Wrack zu zerlegen, wohl um die Reste abzutransportieren.

Schweigend setzten sie die Fahrt fort. Erst nach einer Viertelstunde ergriff Fine wieder das Wort.

„Ein Teil meiner Erzählung fehlt noch. Die Geschichte mit Lauchhammer ist noch nicht zu Ende erzählt." Wieder folgte eine längere Pause. Sie suchte wohl nach den richtigen Worten.

„Als es mir wieder besser ging, rückte die Ostfront immer näher. Wir waren vor der heranrückenden Westfront in die Evakuierung geschickt worden, und jetzt kam der Krieg vom Osten her näher. Im Februar wurde Dresden bombardiert. Und das war nur sechzig Kilometer entfernt. In der Zeit habe ich in Lauchhammer einen Mann getroffen, der sich dort von einer schweren Kriegsverletzung erholen sollte. Josef. Er war Soldat und stammte aus Essen im Ruhrgebiet. Wir haben uns sehr schnell angefreundet. Wir hatten ähnliche Erfahrungen mit schweren Erkrankungen hinter uns und wussten beide, wie schnell alle unsere Zukunftspläne dahin sein können. Alles ging dann sehr schnell. Im März 45 haben wir geheiratet."

Hein schaute überrascht auf. „Du bist verheiratet?"

„Ich war es," sagte Fine stockend. Im Mai 45 war der Krieg zu Ende, und ich bin mit meinem Mann ins Ruhrgebiet gezogen. Wir hatten eine kleine Wohnung in Horst. Das gehört zu Gelsenkirchen. Aber er war nicht gesund. Die Probleme kamen wieder, schlimmer als zuvor. Für mich war das doppelt schwer, da ich auch noch in einer für mich fremden Umgebung war. Er ist dann gestorben, und ich wurde zur Witwe. Ich war da gerade mal fünfundzwanzig."

Nachdem der Zug bereits die Brücke über die Wurm in Geilenkirchen passiert hatte, rief Fine plötzlich

„Kiek ens doa!,"
„Guck mal da!" Hein sah auf. Auf einem Abstellgleis stand der Triebwagen der Kleinbahn. Einst der Stolz der Bahn mit modernem Dieselmotor und um einiges schneller als die Dampflok. Aber jetzt bot er einen jämmerlichen Anblick. Er war vollständig ausgebrannt. Statt glänzendem Lack sah man nur rostiges Eisen. Die Karosserie stellenweise geschwärzt von Ruß, keine Scheiben in den Fenstern, deutlich sichtbare Einschusslöcher unterschiedlicher Größe auf dem gesamten Wagen.

„Ach herrje," sagte Hein, „der Triebwagen. Der war damals gerade neu, als ich einberufen wurde und zur Wehrmacht musste. Also 1938. Wie der jetzt aussieht."

Als die Kleinbahn Geilenkirchen erreichte, stiegen sie schweigend aus und gingen die wenigen Schritte zum Gleis der anderen Bahn, der Reichsbahn, um auf den Zug nach Mönchengladbach zu warten. In der Ferne war bereits das Pfeifen der Lokomotive zu hören.

6 Ein Aprilabend

Der Motor sprang zum Glück sofort an. Hein gab Gas, und der Tempo setzte sich zügig in Bewegung, wenngleich er die 50 km/h Höchstgeschwindigkeit nicht erreichen würde. Vollbeladen ist so ein Lastendreirad eben kein Rennwagen. Zum vierten Mal schon fuhr er heute die gleiche Strecke, aber bis sechs Uhr früh musste er fertig sein. Das schaffte er jetzt locker. Es war gerade erst achtzehn Uhr, und die letzte Fuhre rollte. Der Kasten über der Ladefläche war randvoll mit den restlichen Sachen, die er in den vergangenen Monaten zum Aufbau seines Betriebes angeschafft oder organisiert hatte. Selbst der Platz für den Beifahrer auf der Sitzbank der kleinen Fahrerkabine war vollgestellt mit den Sachen, die nicht mehr in den Fußraum gepasst hatten. Jetzt im Frühjahr war es gegen Abend kühl. Vom Rodebach war leichter Nebel herübergezogen. Noch bevor er die Ortsmitte von Süsterseel erreichte, tauchte vor ihm plötzlich ein Radfahrer auf. Im letzten Moment riss er das Steuer herum, um einen Zusammenstoß zu vermeiden. Das Rad war unbeleuchtet, rechts und links des Gepäckträgers waren zwei kleine Reisekoffer mit Schnüren befestigt, das Hinterrad war so gut wie platt.

Hein hatte gebremst und vor Schreck sogar angehalten. „Nimm mich mit", rief der genauso erschrockene Radfahrer ihm zu. „Kein Platz," rief Hein zurück und setzte seine Fahrt fort. Der Radfahrer hatte wohl das gleiche Ziel an diesem Tag: Eines der Dörfer hinter Süsterseel, das nach der folgenden Nacht noch in Deutschland liegen würde.

Es war der Abend des 21. April 1949. Ein Donnerstag. Am nächsten Tag um sechs Uhr morgens würden Süsterseel, Wehr und die weiteren Selfkantdörfer zu einem Teil der Niederlande werden. Dies war nach langem Hin und Her beschlossene Sache und letztlich von der niederländischen Regierung, die ein viel größeres Gebiet beanspruchte, so akzeptiert worden.

Kurz hinter dem Ortsausgang von Süsterseel bog Hein links ab in einen kleinen kaum befestigten Weg, der in die kleine Ortschaft Hastenrath führte. Sein Tempo A 400 musste die Kraft seiner annähernd 13 PS aufwenden, die leicht ansteigende Straße aus dem Rodebachtal heraus zügig zu bewältigen. Die Sicht wurde besser, der Nebel war verschwunden. Der Zweitaktmotor blubberte und entließ einen ständigen blauen Rauch aus dem Auspuff.

Plötzlich sah er Leute auf der Straße. Ein Auto stand auf der Fahrbahn. Ein Geländewagen des holländischen Zolls. Zwei Männer werkelten an der Straße herum. Ein Zöllner beobachtete die Arbeiter. Hein fuhr langsam heran und sah, dass die Männer Zaunpfähle rechts und links der Straße angebracht hatten. Der Zöllner in der dunklen Uniform der Holländer trat heran und sagte in gebrochenem Deutsch:

„Guten Abend. Wo kommen Sie her?"

„Wehrer Bahn." Hein deutete mit der Hand nach hinten und setzte dabei voraus, dass der Mann mit dieser Angabe etwas anfangen konnte.

„Und wo wollen Sie hin?" Der Zöllner schaute streng und eher unfreundlich.

„Nach Hastenrath."

„Ihren Sperrzonenbewohnerausweis!" Das war keine Bitte, das klang eher wie ein Befehl.

„Sperr..? Meinen was?"

„Wenn Sie aus Wehr sind haben sie einen Sperrzonenbewohnerausweis. Den will ich sehen."

„Ach, die Papiere," meinte Hein etwas abfällig und suchte in einer kleinen Aktentasche, die er neben sich auf der Sitzbank stehen hatte. Der Zöllner warf nur einen kurzen Blick auf das Dokument und meinte dann:

„Sie können hier nicht mehr durchfahren. Hier ist jetzt die Grenze. Aber kein Übergang, hier ist jetzt zu!"

„Aber es ist doch noch nicht der 23. April," versuchte Hein zu verhandeln, um sich den Umweg über Gangelt zu ersparen.

„Wir machen jetzt hier dicht," beharrte der Zöllner.

„Komm eran.."
„Komm mal ran," rief dagegen einer der Arbeiter, offensichtlich ein Deutscher, und winkte Hein herbei. Der setzte den Tempo in Bewegung, kurvte um das Zollfahrzeug herum und fuhr an die Zaunpfähle heran. Der Zöllner sagte nichts, guckte ungläubig und sperrte den Mund auf.

„Komm, komm, komm," rief der Arbeiter und gab ständig Handzeichen, die die Weiterfahrt signalisieren sollten.

Jetzt lief er von rechts nach links, peilte jeweils an Heins Tempo entlang, sah, dass der Platz reichte und rief:

„Passt, fahr weiter!" Als Hein fast durch war, rief der Arbeiter:

„Beim nächsten Mal in der Wehrer Bahn gibst du einen aus," und schlug kurz auf den Kastenaufbau des Wagens.

Der Zöllner schwieg weiter. Bei der Weiterfahrt sah Hein noch die Bretter am Straßenrand liegen, die in Kürze die Durchfahrt auf der Straße verhindern würden.

Kurz vor Hastenrath kam ihm knatternd ein Motorrad entgegen. Es war unbeleuchtet, und Hein war froh, dass seine Scheinwerfer zumindest so viel Licht ausstrahlten, dass er das Motorrad rechtzeitig erkannt hatte.

In Hastenrath bog er kurz darauf in die Toreinfahrt eines Bauernhofes ab. Er hielt vor einer grün gestrichenen Tür, hinter der sich der Abstellraum verbarg, den er angemietet hatte. Er fingerte einen Schlüssel aus der Hosentasche und schloss ein Vorhängeschloss auf. Noch bevor er anfangen konnte, den Tempo zu entladen, kam die Bäuerin aus dem Haus, die das Motorengeräusch gehört hatte.

„Ach, du bist es! Mein Mann ist noch unterwegs. Hast du bald alles hier? Brauchst du Hilfe?"

„Ich komm zurecht," sagte Hein und schnappte sich zwei Kanister mit Essenzen aus dem Laderaum.

„Warum bleibst du eigentlich nicht in der Wehrer Bahn? So schlimm ist das auch nicht, zu Holland zu gehören!"

„Tja, ich habe mir im letzten halben Jahr den Betrieb aufgebaut. Den will ich nicht aufgeben. Im Moment habe ich so vierzig bis fünfzig Wirtschaften, die ich mit Schnaps beliefere. Manche kaufen mehr, manche weniger. Ich fahre bis Heinsberg und Oberbruch, habe Kunden in Birgden und Langbroich, in Waldfeucht und Geilenkirchen. Aber auch in den Selfkantdörfern. Die meisten aber bleiben in Deutschland. Ich kann doch nicht mit einer Ladung Schnaps über die Grenze. Das geht doch gar nicht. Das müsste man ja jedes Mal verzollen. Und so viel Alkohol einführen darf man gar nicht. Und dann mit halbvollem Wagen wieder zurück? Unmöglich. Da die überwiegende Zahl meiner Kunden in Deutschland bleibt, bleibe ich auch mit dem Betrieb in Deutschland.“

„Aber hier kannst du nicht bleiben,“ mahnte die Bäuerin.

„Ich weiß. Ich stell ja hier nur vorübergehend was ab, bis ich was gefunden habe, wo genügend Platz ist zum Produzieren und Lagern. Ich habe von einer Scheune in Birgden gehört, da fahre ich morgen mal hin. Auch ein Lagerraum in Stahe wäre eine Möglichkeit. Ich werde schon was finden.“

„Und zum Übernachten fährst du dann wieder nach Süsterseel zurück?“

„Im Augenblick ja, aber das ist auf Dauer wahrscheinlich zu kompliziert. Wir müssen mal schauen, wie das mit der Grenze und dem Übertritt ab morgen so läuft.“

Noch während er dabei war, seine Geräte und die fertig produzierte Ware in den Korbflaschen zu entladen, kam knatternd ein Motorrad in die Hofeinfahrt gefahren. Der

Bauer saß auf dem Sozius. Er stieg jetzt ab und klopfte dem Fahrer auf die Schulter, dieser wendete und knatterte wieder davon.

„Na," sagte er, „immer noch am Abladen?"

„Ist die letzte Fuhre, ich habe es gleich geschafft. Dann bin ich erstmal weg, Jan."

„Du kannst zurück wieder den direkten Weg nehmen," meinte Jan und kniff ein Auge zu.

„Nein, das geht nicht. Da wurde eben die Grenze dichtgemacht," erzählte Hein.

„Ach," beharrte der Bauer, „das geht noch" und lächelte ihm aufmunternd zu. Damit zog er ein Beil unter seiner Jacke hervor und hängte es an zwei dafür vorgesehene Nägel an der Wand. Hein verstand noch immer nicht.

„Die haben da eben einen Zaun gezogen, da kommt man nicht mehr durch."

„Ja, der Zaun. Kaum war er da, war er auch schon wieder weg," lächelte sein Gegenüber.

„Ah, jetzt versteh ich."

„Das ist doch Kinderkram, was ihr da macht Jan," mischte sich die Bäuerin ein und schüttelte den Kopf.

„Ja, Marie, wenn die Holländer uns was wegnehmen, darf man doch mal ein bisschen Spaß machen," rechtfertigte sich ihr Mann.

„Es ist echt Mist, dass der Selfkant jetzt holländisch wird, nach all dem, was wir mitgemacht haben," ergänzte Hein.

„Genau," pflichtete Jan bei.

*„Dat waat ver höbbe, weete ver, waat ver kriege, weete
ver net"*
„Das, was wir haben, wissen wir, was wir bekommen,
wissen wir nicht."

„Also ich kann das verstehen." Marie, die Bäuerin, warf
sich kämpferisch in Position.

„Wie kannst du sowas sagen? Wir können doch von
Glück sprechen, dass die Engländer verhindert haben,
dass ein noch viel größeres Gebiet an Holland fällt. Sonst
wäre die Grenze morgen zwischen Gillrath und
Geilenkirchen verlaufen. Und wir hier wären auch in
Holland," entgegnete ihr Mann.

„Ja schon, aber schau mal. Meine Schwester Nell lebt in
Jabeek und ist mit einem Holländer verheiratet. Wenn du
die erzählen hörst, klingt das alles ganz anders. Die
Niederlande, wie das ja offiziell heißt, haben zu Beginn
des Krieges ihre Neutralität erklärt. Sie wollten nicht in
einen Krieg hineingezogen werden, in dem sie nur
verlieren konnten. Trotzdem hat Hitler-Deutschland
einen Überfall gestartet, Rotterdam bombardiert und in
kurzer Zeit das ganze Land überrollt. Es gab Hunderte,
nein Tausende von Toten, es gab Konzentrationslager, es
gab Verschickungen von Menschen in die Todeslager im
Osten. Da kam keiner mehr zurück. Die Deutschen
haben das Land fast fünf Jahre lang besetzt und die
Bevölkerung mies behandelt. Als dann die Amerikaner
vorrückten, haben sich die Deutschen zurückgezogen,
aber vorher die Deiche geöffnet und große Teile des
Landes geflutet. Die Amerikaner hat das nicht aufhalten
können, aber es hat die Ernte vernichtet. Im letzten

Kriegswinter gab es nichts zu essen, und in den Niederlanden sollen 20.000 Leute verhungert sein.

Klar, als die Dörfer hier evakuiert wurden, waren es Holländer, die hier geplündert haben. Ja. Aber denkt mal an die Vorgeschichte. Die hatten doch nichts und hungerten jeden Tag. Und wer war schuld an dieser Situation? Die Deutschen. Also haben sie sich was bei denen geholt, die es schuld waren, damit sie selbst überleben können."

„Aber die Leute aus dem Selfkant waren das doch nicht schuld," beharrte ihr Mann. „Kaum einer hat hier die Nazis unterstützt. Wir haben doch selber gelitten."

„Unser Vater war immer standhaft gegenüber den Nazis," mischte sich Hein in das Gespräch ein. „Die kamen abends in Uniform in unsere Wirtschaft, und nachdem sie ein paar Bier getrunken hatten, haben sie lautstark vor versammelter Mannschaft von Vater verlangt, er müsse ein Bild des Führers in der Wirtschaft aushängen. Mein Vater hat das ganz offen abgelehnt und gesagt: ‚Der kommt mir hier nicht an die Wand.' Und er hat es auch nicht gemacht. Ein paar Wochen später waren sie wieder da, aber Vater blieb standhaft. Wir haben dann Angst gehabt, dass sie ihn irgendwann abholen kommen. Aber es ist zum Glück nichts passiert."

„Sag ich doch," begann Jan jetzt wieder. „Hier wurden die Nazis kaum unterstützt, uns trifft keine Schuld."

„Aber die Holländer waren es doch auch nicht schuld, sie wollten nur überleben. Hast du vorhin zugehört?" Jetzt redete sie sich in Rage. „Zwanzigtausend sind im Winter 44/45 verhungert!"

Die Männer schwiegen betreten. Marie drehte sich um und stapfte ins Haus.

Nach einiger Zeit durchbrach der Bauer die Stille und fragte: „Denkst du an die Miete?"

„Was? Ich habe doch eben schon bezahlt. Heute Nachmittag. Hast du das vergessen?"

„Nein, hab ich nicht. Aber da war doch noch was offen!" entgegnete der Bauer und blinzelte ihn an.

„Ach, die zwei Flaschen Schnaps? Sag das doch." Hein war erleichtert und holte zwei Flaschen aus dem Abstellraum.

„Hier ein Klarer und ein Weinbrand-Verschnitt. Wie abgemacht. Lass ihn dir schmecken."

Als er eine Viertelstunde später wieder vom Hof auf die Straße abbiegen wollte, fuhr gerade eine englische Streife vorüber. Hein bog ab und folgte dem Jeep. Er sah, dass der Wagen auf den direkten Weg nach Süsterseel abbog, hielt kurz an und entschloss sich dann, den Umweg über Gangelt zu nehmen. Leer war sein Lastendreirad deutlich flotter unterwegs, und so passierte er wenig später die Stelle, an der ab dem nächsten Morgen die Grenze sein würde. Ein Schlagbaum war schon zu sehen, allerdings war er noch hochgeklappt, stand also senkrecht in die Höhe und hinderte noch niemanden an der Weiterfahrt.

Am Fahrbahnrand war in kurzer Zeit eine Holzbaracke für die Zöllner aufgebaut worden, das hatte er schon am Vortag beobachtet. In der Zwischenzeit war sie grün gestrichen worden. Aus der Position der Baracke schloss Hein, dass es ein Gebäude für die holländischen

Zollbeamten sein würde. Mit dem Knattern des Zweitaktmotors fuhr er weiter und dachte darüber nach, wie sich das mit der Zugehörigkeit zu Holland wohl entwickeln würde.

Kurz vor Süsterseel hatte jemand mit weißer Farbe auf die Fahrbahn geschrieben. ‚Selfkantland – Deutsches Land' stand da. Offensichtlich war die Farbe noch frisch gewesen, als irgendjemand mit dem Reifen seines Fahrzeugs mitten durch das große D gefahren war. Eine Rundumdrehung weiter war ein weißer Abdruck zu sehen, der sich stets schwächer werdend mehrfach wiederholte.

Hein stellte wenig später seinen Tempo neben der Wehrer Bahn ab, nahm noch seine Jacke und eine Tasche aus dem Fahrerhaus und wollte gerade die Gaststätte betreten, als er ein „Hein?" aus dem Dunkel heraus hörte. Er trat zur Seite, schaute in die Richtung, aus der die Stimme kam, konnte aber nichts erkennen und sagte: „Ja? Wer ist da?"

Eine junge schlanke Frau trat vor und wurde vom Lichtschein, der aus der Wirtschaft fiel, soweit erleuchtet, dass er sie erkennen konnte.

„Fine! Du bist es."

„Was hast du gemacht?"

„Ich habe alle meine Sachen nach Hastenrath geschafft", begann er und erzählte ihr, wie er sich die Ausübung seines Geschäftes nach Beginn der Zugehörigkeit zu Holland vorstellte. Sie gingen ein paar Schritte und setzten sich auf eine Bank, die mittlerweile für Wartende am Bahnsteig aufgestellt worden war.

„Ich weiß gar nicht, wie du den Schnaps machst,"" meinte Fine. „Das ist doch mit Kochen und Brennen oder wie machst du das?"

„Nein, selber brennen kann man vergessen. Das wurde vor dem Krieg ja gerne mal heimlich gemacht. Auch im Krieg und nach dem Krieg wurde privat viel heimlich Selbstgebrannter produziert. Da gab es abenteuerliche Geräte, die waren noch gefährlicher als das Zeug, was dabei herauskam. In alten Milchkannen mit festverschlossenem Deckel wurde die Maische gekocht. So ein Ding ist so manchem um die Ohren geflogen. Der so gewonnene Schnaps war trüb und voller Fuselöle. Kopfschmerzen waren noch das geringste Risiko. Seit der Währungsreform letztes Jahr ist das aber deutlich weniger geworden mit der Schwarzbrennerei. Wenn man damit handelt und selber brennen würde, wäre das sehr aufwändig, und man steht ständig unter den Augen des Zolls."

„Wieso der Zoll? Das hat doch nichts mit der Grenze zu tun."

„Der Zoll ist für die Überwachung der Branntweinsteuer zuständig und achtet mit Argusaugen darauf, dass nicht ein Tropfen Alkohol produziert wird, der nicht versteuert wird. Bei einem Liter reinen Alkohol ist die Branntweinsteuer ungefähr achtmal so hoch wie der eigentliche Wert des Alkohols. Darum sind die so streng."

Aus der Ferne war das Pfeifen der Dampflok zu hören.

„Die Bahn," sagte Fine, „die letzte Fahrt am letzten Tag."

„Ach, ja, stimmt, die fährt ja morgen hier gar nicht mehr."

„Aber zurück zum Schnaps. Wie machst du das denn?"

„Ich beziehe reinen Alkohol von 96% Volumenprozent, also fast rein, mehr geht nicht. Der ist absolut in Ordnung, wird meist aus Kartoffeln gewonnen, tadellos und voll versteuert. Den kauft man bei der Monopolverwaltung. So heißt das, weil nur der Staat das so verkaufen darf. Ob englische Besatzungsmacht oder nicht, das gilt immer noch. Diesen Alkohol mische ich mit Wasser runter auf 32% für einfache Schnäpse oder auf 38% für Schnäpse, die sich ‚Doppel...' nennen dürfen. So wie Doppelkorn oder Doppelwacholder."

„Und wie kommt der Geschmack da rein? Oder hast du da spezielles Wasser?"

„Ne, ne, das Wasser ist ganz normales Wasser, aber es darf nicht hart sein, soll also nicht viel Kalk enthalten, sonst schmeckt der Schnaps nicht. Der Geschmack kommt durch Essenzen da rein. Die beziehe ich bei einer Essenzenfabrik in Dortmund. Aus Wacholderbeeren gewinnt man zum Beispiel eine konzentrierte Wacholderessenz, da genügen wenige Liter, um ein Hundertlitergefäß Branntwein zum Wacholderschnaps zu machen. Dann habe ich meine eigenen Rezepte, welche Essenzen ich in welcher Menge welchem Schnaps zugebe. Vielleicht noch ein bisschen Anis in den Wacholder oder so. Dann noch ein paar Kleinigkeiten, so wie ein Koch zum Abschmecken Salz und Pfeffer nimmt, und schon ist der Schnaps fertig. Ganz wichtig: Danach muss er lagern, wochenlang. Auch da kann man sagen: Sonst schmeckt er nicht."

Fine zeigte sich beeindruckt. „Woher weißt du das denn alles? Ich meine, im Krieg kannst du das ja nicht gelernt haben."

„Wir haben das ja vor dem Krieg auch schon gemacht in der Bahn. Dann war ich letztes Jahr bei Andres in Rheydt, der macht das ja auch. Und im letzten Herbst war ich für sechs Wochen in Berlin und hab das richtig gelernt."

„Huch, in Berlin?"

„Ja, da gibt es eine ‚Versuchs- und Lehranstalt', so heißt die. Also da habe ich einen Lehrgang gemacht. Da kommen auch die Brauer hin, die das Bier machen, aber die lernen natürlich was anderes."

Erneut war die Lok zu hören. Der Lautstärke nach zu urteilen war sie jetzt im Tüdderner Fenn und würde bald die Wehrer Bahn erreichen.

Fine wollte noch schnell mehr erfahren, bevor die Bahn kam, die sicherlich wegen der Bedeutung der Fahrt viel Aufmerksamkeit auf sich ziehen würde.

„Wie viele Schnäpse machst du denn dann so?" hakte sie nach.

„Also die Renner sind „Klarer", ein einfacher Korn, der Doppelwacholder und „Alter Rheinländer", ein brauner Schnaps, der besonders lange lagern muss. Dann habe ich noch ein paar Liköre...."

Weiter kam er nicht, laut schnaufend fuhr der Zug ein, und der Lokführer löste ständig das Pfeifen aus mit kurzen und langen Pfeiftönen im Wechsel. Der Zug rollte noch, kam dann zum Stillstand. Hinter der Lok hingen zwei der Plattformwaggons für Passagiere und drei weitere offene Waggons. Auf der ersten Plattform erschien Zugführer Plum und stieg hinunter. Hinter ihm drei Bahnbedienstete, die wohl eher für Rangier- und Werkstattarbeiten zuständig waren. Diesen Schluss ließ zumindest ihre Kleidung zu. Plum hatte sich gewohnheitsgemäß gleich wieder umgedreht, um den Zug im Auge zu behalten und das Ein- und Aussteigen der Passagiere zu beaufsichtigen. Es gab aber gar keine weiteren Fahrgäste, der Zug war leer. Jetzt bemerkte er Fine und Hein, die ganz in seiner Nähe nach wie vor auf der Bank saßen. Er stutzte, setzte dann ein listig schelmisches Lächeln auf und sagte: „N' Abend Kinder."

Hein schaute ihn überrascht an aufgrund der seltsamen Begrüßung, lächelte dann und erwiderte den Gruß. In diesem Augenblick erschien Mattjö, der Wirt, mit einem ganzen Tablett voller Biergläser. In seinem Schlepptau die drei Männer, die sich wohl in der Wirtschaft aufgehalten hatten und mit dem sicheren Gespür für ein Freibier dem Wirt gefolgt waren. Plum erkannte sofort die Lage und rief: „Will!" Sofort erschien das Gesicht des Lokführers auf dem Führerstand. Dieses war – soweit bei der Dunkelheit erkennbar – schwarz von Ruß.

„Hier," rief der Lokführer, „was gibt's?"

„Ich glaube, du wirst hier gebraucht," rief Plum.

Der Lokführer schaute, sah die vielen Biergläser, winkte und kletterte behände von der Lok herunter.

„Da ist ja gar keiner mehr drin," stellte Hein fest und deutete auf die leeren Waggons.

„Nein", mischte sich einer der Bahnbediensteten ein, „wir überführen nur die letzten Waggons nach Gangelt.

„Und begleiten Plum bis nach Hause," ergänzte ein anderer.

„Jetzt greift erstmal zu," Mattjö ging herum, damit sich jeder ein Glas Bier vom Tablett nehmen konnte. Fine hielt sich zunächst zurück und lehnte dankend ab, gab dann aber dem Drängen der Männer nach und nahm sich auch ein Glas.

„Ja, dann zum Wohle," Mattjö hob sein Glas, prostete allen zu und trank einen Schluck. „Seit 1900 ist die Kleinbahn hier gefahren und hat an der Wehrer Bahn gehalten.," sagte er. „Damals hat unser Vater die Bahn von Anfang an übernommen, und Fahrgäste sowie Kleinbahner versorgt und die Fahrkarten verkauft. Dann kamen der erste Weltkrieg und die schwierigen Zwanzigerjahre, aber die Bahn fuhr immer weiter. Dann kamen die Nazizeit, der zweite Weltkrieg und die Zerstörungen. Aber seit 1946 ist die Bahn schon wieder gefahren. Jetzt haben wir also 49 Jahre Kleinbahn gemeinsam geschafft. Heute ist die letzte Fahrt, erstmal. Ob für die nächsten Jahre oder für immer, das wissen wir nicht."

„Jetzt sieh mal nicht so schwarz," warf Hein ein. „Es ist noch immer weitergegangen, und irgendwann geht es hier auch weiter."

„Ich glaube das nicht," meldete sich Will, der Lokführer, dazu. „Wenn wir nur für fünf Jahre Teil von Holland bleiben, wäre das schon eine kurze Besatzungszeit. Aber selbst in dieser Zeit wird sich viel ändern. Im nächsten Jahr setzt die Kreisbahn verstärkt auf Busse. Ob dann jemals die Kleinbahnstrecke hier wieder aktiviert wird, ist schon sehr unsicher."

„Dann haben wir jetzt einen Bahnhof ohne Bahn. Na, dann Prost!" nahm Mattjö den Faden wieder auf und trank noch mal.

„Also ich könnte noch eins vertragen," meinte Will mit Blick auf sein leeres Bierglas.

„Aber du fährst die Lok schon noch bis Gangelt?" fragte Plum.

„Kein Problem, gleich geht das noch mal so schnell," winkte Will ab.

„Mattjö, kannst du uns noch mal alle Gläser voll machen? Geht auf mich." Zeigte sich Plum spendabel. Der Wirt machte sich sofort auf den Weg, um für Nachschub zu sorgen.

„Was macht ihr denn jetzt ab morgen?" fragte Hein bei den Bahnbediensteten nach.

„Alle, die bei der Geilenkirchener Kreisbahn arbeiten und im Selfkant wohnen, sind ab morgen im Wartestand!" informierte Plum.

„Was heißt das denn?" mischte sich Fine ein.

„Wir sitzen zu Hause und warten," grübelte Plum.

„Ich nicht," warf Will ein, „ich wohn in Gangelt."

Damit fuhr ein Motorrad vor, das man wegen der recht lautstarken Gesellschaft gar nicht kommen gehört hatte. Ein uniformierter holländischer Polizist stieg ab und näherte sich schnellen Schrittes. Der Polizist war so um die 30 Jahre alt, hager, glattrasiert. Die Uniform war dunkel, fast schwarz. Der Kopf steckte unter einer blau-schwarzen Schirmmütze mit lackglänzendem Schirm. Auf dem Motorrad prangte der Schriftzug ‚Marechaussee'. Er rief gleich mit lauter Stimme und einem unüberhörbaren Befehlston:

„Was ist denn hier los?"

„Wir wünschen Ihnen auch einen schönen Abend," entgegnete Plum und lächelte den Polizisten aufmunternd an. Wartete dann aber mit weiteren Erklärungen auf eine Reaktion des Mannes.

„*Goedeavond*"
„Guten Abend," grummelte dieser etwas unwirsch. Die Bahnbediensteten schmunzelten, und einer flüsterte: „Eins zu Null für Plum."

„Wir überführen die letzten Waggons der Kleinbahn von Tüddern nach Gangelt, weil ja ab morgen hier die Bahn nicht mehr fährt," informierte Plum den Polizisten.

„Also alles nur leere Waggons?" hakte dieser nach.

„Nein, wir haben noch ein paar Kisten nicht abgeholtes Stückgut dabei und zwölf Ordner mit alten Frachtpapieren an Bord." Dann lächelte er wieder listig und fragte noch: „Wollen Sie die Papiere sehen?"

„Nein, nein, nein," wehrte der Polizist schnell ab. „Alles in Ordnung."

„So, da bin ich schon," rief Mattjö und kam schwungvoll mit dem vollen Tablett Biergläser um die Ecke. Da er sorgsam darauf geachtet hatte, dass kein Glas umfällt, hatte er den Neuzugang noch nicht bemerkt. Jetzt stoppte er abrupt und starrte den Polizisten an.

„Und Sie sind?" fragte dieser prompt.

„Ich bin hier der Wirt," meinte Mattjö.

„Und Sie schenken das Bier draußen aus?"

Mattjö zog die Luft pfeifend durch die Zähne ein, sagte aber nichts.

„Hören Sie, junger Mann," übernahm Plum wieder das Gespräch, beobachtete den Polizisten dabei scharf, wie dieser auf das ‚junger Mann' reagieren würde. Da eine sichtbare Reaktion ausblieb, fuhr er fort: „Das ist hier alles schwer genug. Nach fast fünfzig Jahren fährt hier der Zug zum letzten Mal, und dieser Bahnhof ist ab morgen kein Bahnhof mehr, und diese Gaststätte ist ab morgen keine Bahnhofsgaststätte mehr. Für viele endet hier auch die Arbeit bei der Kleinbahn – und keiner weiß, ob und wann es da weitergeht. Deshalb stehen wir hier zusammen und trinken darauf ein Glas Bier. Können Sie das nicht verstehen?"

„Ja, ja, schon gut," winkte der Polizist ab. „Aber für uns ist das auch nicht alles leicht, und vor allen Dingen war das für uns nicht leicht mit den Deutschen.

„Trinken Sie ein Bier mit uns?" fragte Mattjö, der ein Glas übrig hatte, da Fine ein zweites Glas ablehnte.

„Danke," man sah, wie der Polizist mit sich kämpfte, „es geht nicht, ich bin im Dienst. Wenn Sie der Wirt sind," wandte er sich jetzt an Mattjö, „ich habe hier eine Bekanntmachung vom Landdrost." Damit hielt er ihm ein zusammengefaltetes Papier hin.

„Von wem?" fragte Mattjö nach.

„Landdrost Dassen ist ab jetzt der Chef der Verwaltung hier. Es gibt eine Verfügung, dass sich alle Bewohner ab Montag zur Registrierung in Tüddern im Saal Hostenbach einzufinden haben. Und alle meint auch alle. Das steht hier in dieser Bekanntmachung, die Sie in der Gastwirtschaft aushängen. Das zweite Exemplar hängen Sie so, dass man es von außen lesen kann ans Fenster." Da ihn Plum mit strengen und erwartungsvollen Augen anschaute, dachte er einen Moment lang nach und ergänzte schließlich noch „...bitte!"

„Registrierung?" sinnierte Hein. „Das klingt so nach Erfassung für den Militärdienst!"

„Nein, nein," wehrte der Polizist ab, „daran ist dabei nicht gedacht. Der Landdrost will einfach nur wissen, wie viele Leute hier in den Dörfern leben, die jetzt von den Niederlanden annektiert werden."

„Annektiert?" staunte einer der Bahnarbeiter. „Was ist das?"

„Ja, ein anderes Wort für besetzt. Die Niederlande besetzt deutsche Gebiete zeitweise, bis Deutschland in der Lage sein wird, für die im Krieg angerichteten Schäden zu zahlen. Da geht es um Millionen."

Alle schwiegen, da sie darüber nachdachten, wie lange es dauern könnte, bis die am Boden liegende Wirtschaft Deutschlands so weit entwickelt sein könnte, dass der Staat in der Lage sein würde, Millionenbeträge zu zahlen. Will ging schon mal in seinen Führerstand der Lok.

„Nach der Registrierung erhält jeder von Ihnen einen niederländischen Ausweis," belehrte der Polizist weiter.

„Was?" dieses Mal war es Plum, der sein Erstaunen nicht verbergen konnte.

„Ja, Sie bleiben aber Deutsche, denn der Ausweis enthält einen entsprechenden Vermerk, dass sie Deutsche sind aber als Niederländer behandelt werden. Übrigens ohne das Recht, wählen zu dürfen."

„Kinder, ich sage euch, da kommt noch was auf uns zu" stellte Plum fest, begleitet vom Schnaufen der Lok, die sich jetzt in Bewegung setzte und langsam davonfuhr.

7 In einer Birgdener Wirtschaft

Als er die Tür zur Wirtschaft öffnete, schlug ihm dichter Tabakrauch entgegen. Hier wurde wohl ordentlich gequalmt. Es war enorm laut im Gastraum, und als er den dicken Vorhang, der innen vor der Türe hing und Wind und Kälte fernhalten sollte, zurückschlug, sah er, dass die Wirtschaft für diese Stunde ungewöhnlich gut gefüllt war. Hein schaute verwundert auf seine Armbanduhr. Kurz vor fünf am Nachmittag. Er rief ein „Tach zusammen" in die Runde. Das ging aber völlig unter, denn die Männerrunde an der Theke stimmte gerade lautstark ein Liedchen an: „Josef wir danken dir – für diese Runde Bier – wenn du noch eine gibst – haben wir bestimmt nen Schwips – Josef wir danken dir – für dieses Bier." Anschließend hoben alle ihr Bierglas, prosteten sich zu und leerten weitgehend die Gläser in einem Zuge.

Hein hatte sich zur Theke vorgearbeitet und nickte dem Wirt zu.

„Tach Lee, volles Haus am frühen Abend?"

„Ich glaube, der Josef hat heute irgendein gutes Geschäft gemacht und feiert das jetzt ein bisschen. Keine Ahnung, woher die anderen das so schnell mitgekriegt haben. Jedenfalls gibt er schon die dritte Runde, und sein Deckel ist schon ganz schön voll."

Hein nickte. „Brauchst du was an Ware?"

„Ich glaube schon. Ich komm aber hier jetzt nicht weg.
Ich gebe dir den Kellerschlüssel. Guck doch selbst mal
nach, was leer ist." Damit legte er ein Schlüsselbund auf
die Theke.

„Mölldesch Lee hat die beste Wirtschaft von ganz Birgden,
dat is ja klar, ne?" Ein Betrunkener drängte sich an Hein
heran und legte seinen rechten Arm um Heins Schulter
und hielt ihn fest. Man könnte aber auch sagen, er hielt
sich an Hein fest.

„Ja, ja so ist das," sagte dieser und versuchte, sich durch
eine geschickte Drehung von dem aufdringlichen Gast zu
lösen. Dieser hielt aber fest dagegen und verhinderte den
Versuch. Stattdessen zog er Hein noch fester an sich
heran und lallte:

„Der Lee hat datt leckerse Bier und den bästn Snaps,
überhaupt." Mit dem linken Arm machte er jetzt eine
ausholende Bewegung, um das ‚überhaupt' räumlich zu
bestimmen. Dabei landete er mit der linken Hand bei
Hein und begann jetzt, dort mit seinem Zeigefinger
rythmisch auf Heins Brust zu tippen. Hein sah auf die
Hand herab und sah, dass sie ungewaschen war mit gut
sichtbarem Dreck unter den Fingernägeln. Angewidert
startete er einen erneuten Befreiungsversuch, aber der
Kerl war einfach stärker.

„Findse datt nich auch, Jung," lallte er und verdrehte die
Augen. Hein stimmte notgedrungen zu und startete
erneut einen Versuch, sich der Umklammerung zu
entziehen.

„Du biss nich von hier – oder?" wollte der Gast jetzt wissen und tippte weiterhin immer auf die gleiche Stelle auf Heins Brust, die mittlerweile schmerzte.

„Ne, ich bin nicht aus Birgden, ich wohne jetzt in Gillrath," antwortete Hein und schubste jetzt den aufdringlichen Mann von sich, auch um dessen unangenehmen Atem nicht ständig in der Nase zu spüren.

„Jillrath, Jillrath, da wirt ja Serrjebiet," lallte er weiter.

„Was sagst du?" fragte Hein irritiert nach.

„Serrjebiet..., Jillrath, wird das," kam als Antwort, der noch ein gut hörbares Aufstoßen folgte. „Ja wird das, alles jesperrt, alles jesperrt."

„Ach, du verwechselst da was," sagte Hein. Ein weiterer kleiner Schubser, und sein Gegenüber torkelte und musste alle Kraft und beide Hände aufwenden, das Gleichgewicht zu halten, um nicht zu stürzen. Diese Gelegenheit nutzte Hein, schnappte sich die Schlüssel von der Theke und trat durch die Tür hinter der Theke, um in den Keller zu gehen.

„Das simmt aber, ganz sicher, Serrgebiet, alles," hörte er noch in aggressivem Ton. Und schließlich „Gehsse hin?"

Hein atmete erstmal durch und schüttelte sich. Im dunklen Flur tastete er nach dem Schlüsselloch in der Kellertür. Es dauerte eine Zeit, bis er den passenden Schlüssel gefunden hatte und die Tür aufschließen konnte. Er fühlte die Wand ab und fand links der Tür einen Bakelitdrehschalter. Auch nach dessen Betätigung blieb der Keller weitgehend dunkel. Das Licht reichte immerhin, um die halsbrecherisch steile Holztreppe zu sehen. Dem wackeligen Handlauf der Treppe war nicht zu trauen, er diente mehr der Orientierung als dass er wirklich Halt bot. Unten angekommen versuchte sich Hein zu orientieren. Aufrecht stehen war nicht möglich. Rechts an der Wand war die Bierzapfanlage, anscheinend genau unter der Theke. Links standen drei seiner Korbflaschen. Er hob eine an, bewegte sie einmal hin und her und wusste dann, hier stehen die leeren. Rechts neben der Zapfanlage standen weitere drei Korbflaschen. Mit einem Kontrollgriff überzeugte er sich davon, dass diese voll oder im Anbruch waren. Er schnappte sich das Leergut und versuchte, in gebückter Haltung mit allen drei Behältnissen gleichzeitig die Treppe ins Erdgeschoß zu meistern.

Zurück im Schankraum sah er, dass der großzügige Gast von vorhin wohl gegangen war und mit ihm die meisten seiner Freunde. Der Betrunkene hatte ein neues Opfer gefunden und fand Halt mit dem bereits bekannten Klammergriff. Hein stellte das mitgebrachte Leergut ab und gab dem Wirt Bescheid, dass er jetzt fünf Liter Klaren und zweimal fünf Liter Doppelwacholder aus dem Wagen holen würde. Lee nickte, suchte nach einem Zettel, den er dann aus der Kassenschublade zog und sagte:

„Bring mir noch eine Flasche Aufgesetzten und zwei Flaschen Verschnitt mit."

Als Hein kurz darauf mit der gewünschten Ware wieder hereinkam, betrat ein neuer Gast mit ihm zusammen die Wirtschaft. Der neue Gast nahm an der Theke Platz und sah sich sofort mit der Frage „Wat trinkse?" konfrontiert. Er sagte gleichgültig: „Egal."

Schlagartig verstummten alle Gespräche im Gastraum, alle schauten gespannt, was jetzt geschehen würde. Nur der Betrunkene lallte unverständliches Zeug, wurde aber von seinem Nebenmann schnell zur Ruhe gebracht. Lee stellte ein Schnapsglas auf die Theke, griff hinter sich und zog eine Flasche hervor, auf der der Schriftzug EGAL zu lesen war, und goss dem Gast eine Flüssigkeit undefinierbarer Farbe ins Glas. So farbig das Getränk war, so farblos wurde das Gesicht des Gastes.

„Ach, du Schande, daran habe ich nicht gedacht," stöhnte er auf.

„Geht auf mich. Wohl bekomms," sagte der Wirt süffisant und in strengerem Ton „Austrinken!"

Der Mann nahm mit sichtbarem Widerwillen das Glas, leerte es in einem Zug, schüttelte sich und rief „Godverdomme. Was 'ne Brühe!"

Die Schar der Gäste jubelte auf, als hätte die eigene Mannschaft ein Tor beim Fußballspielen geschossen. Lee, der Wirt, schmunzelte und sagte: „Lern was draus."

Hein hatte die ganze Szene beobachtet, deutete auf die Flasche und fragte jetzt: „Lee, was ist da drin?"

„Alles," lautete die Antwort, „alles, was mal übriggeblieben ist." Dabei lachte er über das ganze Gesicht.

Hein hatte mittlerweile seinen Rechnungsblock herausgeholt und nahm an der Theke Platz. Er entnahm dem Block hinten ein Blatt Blaupapier – das er meist Pauspapier nannte –, suchte dann die erste vorhandene weiße Seite im Rechnungsblock und legte das Blaupapier sorgfältig zwischen diese weiße und die nachfolgende gelbe Seite. Dann begann er, mit einem Kugelschreiber die Rechnung auszufüllen und den Preis zu berechnen.

„Zahlst du gleich?" fragte er Lee. Dieser bestätigte das und Hein murmelte „Also zwei Prozent Skonto" und ergänzte diesbezüglich die Rechnung. Dann trennte er vorsichtig die weiße perforierte Seite aus dem Block heraus und reichte sie dem Wirt über die Theke. Dieser warf kurz einen Blick darauf und entnahm seiner Kassenschublade den entsprechenden Geldbetrag und ließ die Rechnung in der Schublade verschwinden.

„Gib mir einen Wacholder und ein Wasser," bestellte Hein. Die Wirte erwarteten von ihm, dass er etwas konsumierte, wenn er seine Ware verkauft hatte. Das Problem war aber, dass er bei sieben, zehn oder noch mehr Kunden an einem Tag nicht jedes Mal Schnaps trinken konnte. Er musste schließlich noch arbeiten und auch fahren. So bestellte er jedes Mal einen Schnaps und ein Wasser, goss den Schnaps in ein volles Wasserglas und nippte nur ein paar Mal an dem Getränk, bevor er weitermusste.

„Sag mal, ist das dein Tempo da draußen, der mit dem Kastenaufbau?"

Der Mann, der den ominösen „Egal"-Ritus über sich hatte ergehen lassen, hatte sich neben ihn gestellt.

„Ja, das ist meiner," meinte Hein kurzangebunden.

„Und bist du zufrieden damit? Läuft der gut?"

„Also das ist kein Rennwagen. Fünfzig Sachen Höchstgeschwindigkeit ist nicht viel. Aber für meine Zwecke reicht' s. Er bietet hinten eine Menge Platz. Letztes Jahr habe ich den ganzen Betrieb damit erst nach Hastenrath und später nach Gillrath transportiert. Warum fragst du?"

„Ich überlege, ob ich mir auch so einen kaufe. Das Geschäft mit dem Siepnaat läuft nicht mehr so gut. Ich habe jetzt angefangen, in Heinsberg und Oberbruch durch die Straßen zu fahren und Milch zu verkaufen. So zum Abholen am Wagen. Das ist mit dem Trecker mühsam. So ein Tempo wäre da besser."

„Der neue Tempo kostet jetzt schon über zweitausend D-Mark. Vielleicht guckst du mal nach einem Gebrauchten. Und für deine Zwecke braucht der ja auch keinen geschlossenen Kasten so wie bei mir. Ich muss den haben, sonst wird mir ständig der Schnaps geklaut. Du kannst auch einen mit Pritsche, Spriegel und Plane nehmen."

„Deiner hat 18 PS – oder?"

„Ne, der hat noch 13,5 PS. Das reicht mir für die Fahrten von Dorf zu Dorf. Aber wenn man mal nach Köln muss, ist das schon anstrengend."

„Wie man wohl auf die Idee gekommen ist, einem Wagen nur drei Räder zu geben?"

„Oh, das kann ich dir sagen. Ich war ja Kraftfahrer bei der Wehrmacht. Da hab ich das mal mitbekommen. Ende der zwanziger Jahre gab es die Regelung, dass Wagen mit weniger als vier Rädern ohne Führerschein gefahren werden dürfen und dass dafür keine Steuer fällig wird. Also baute man dreirädrige Lastwagen. Zwei Räder hinten, da ruht die meiste Last, und ein Rad vorne, da sind nur der Fahrer und der Motor. So einfach war das."

„Kuck an. Das wusste ich nicht."

„Am besten fährst du nach Mönchengladbach. Da gibt es einen Händler, der hat alle Varianten da. Pritschen, Kastenwagen, sogar den Tempo als Kleinbus. Da findest du bestimmt was."

„Danke für den Tipp."

8 In Gillrath ist was los

Zehn Minuten später stieg Hein in sein Dreirad und machte sich vom Großen Pley in Birgden aus auf den Heimweg. Er fuhr zunächst in Richtung Bahnhof, bog dann nach rechts ab in Richtung Gillrath, passierte die Weberei Schniewind und erreichte so die kurvenreiche Strecke durch den Hanbusch.

Das Dorf Gillrath blickt auf eine mindestens 600 Jahre alte Geschichte zurück. Es liegt an der Bundesstraße, die von Tüddern nach Geilenkirchen verläuft und deren Verlauf dem einer von den Römern angelegten Straße entspricht. Gillrath hatte seit Anfang des 19. Jahrhunderts eine eigene Pfarrkirche. Zur Pfarre gehörten seither auch die benachbarten kleineren Ortschaften Hatterath, Nierstraß und Panneschopp. Diese Dörfer sind allesamt Teile der Stadt Geilenkirchen.

In Gillrath angekommen musste Hein am Pastorat, also genau gegenüber dem Schulgebäude, anhalten, um Fahrzeugen auf der Bundesstraße Vorfahrt zu gewähren. Ein Trecker mit einer Ladung Rüben kam aus Richtung Gillrather Bruch. Schon hier wunderte er sich, wie viele Leute um diese Uhrzeit auf der Straße unterwegs waren. Als er nach links abbog und sich hinter dem Traktor einordnete, sah er Verbongs Paul, den Friseur, vor seinem Laden stehen im Gespräch mit einigen ihm unbekannten Leuten. Er drückte auf die Hupe, es kam aber nur ein Krächzen, er winkte Paul zu. Ob der ihn erkannt hatte und zurückwinkte, konnte er nicht erkennen. So passierte er die Kirche auf der rechten Straßenseite und die Gaststätten Voßen, Plum-Jansen und Goebbels auf der linken Seite. Auch hier ungewöhnlich viele Menschen auf der Straße. Einer trug eine Art Transparent oder Plakat, man konnte aber nicht lesen, was darauf stand. Er folgte weiter der Straße, nahm die Linkskurve beim Laden von Ronkartz, kurz darauf die Rechtskurve an der Bäckerei van Roy. Es folgte ein kurzes unbebautes Stück „auf den Berg", wie man hier sagte, letztlich eine kleine Steigung.

Kurz darauf bog er links von der Straße ab und erreichte den Hof der Bäuerin Beckers. Hier war er untergekommen, seit er dem Selfkant den Rücken gekehrt hatte, als die holländische ,Auftragsverwaltung' begann. Der Hof war eigentlich nicht wirklich ein Hof, sondern mehr ein Bauernhaus. Es gab einige Kühe, Schweine und Hühner, und das war auch schon fast alles. Ackerbau wurde hier nicht betrieben. Knechte, Mägde oder sonstige Helfer gab es auch nicht. Zwei Wiesen neben dem Haus dienten den Kühen im Sommer als Futterweide. Mit Hilfe der Verwandtschaft wurde im Juni auch schon mal Heu gemacht. Die Milch der Kühe wurde allmorgendlich in Zinkkannen an die Straße gestellt, dort von einem Sammelfahrzeug aufgeladen und zur Molkerei nach Geilenkirchen transportiert. Gegen Mittag wurden die leeren Kannen auf der Rückfahrt wieder abgeladen. Die Eier dienten dem Eigenbedarf oder wurden in kleinen Mengen an Kunden aus dem Dorf verkauft. Von Zeit zu Zeit fuhr ein Metzger vor und holte ein Schwein oder eine Kuh zum Schlachten ab.

Im Obergeschoß der Ställe hatte Hein eine Bleibe für seinen noch im Aufbau befindlichen Betrieb gefunden, und dort konnten Fine und er auch wohnen. Vorerst. Eine Dauerlösung war das nicht.

Er stieg aus, warf einen Blick auf die in der Dunkelheit liegende Ziegelei Teeuwen mit ihrem markanten Schornstein, holte einmal tief Luft und öffnete dann die Tür – zum Kuhstall. Ein beißender Geruch schlug ihm entgegen, wobei man nicht unterscheiden konnte, ob die Hauptverursacher die beiden Kühe oder die Schweine im dahinterliegenden Stall waren. Die Bäuerin hatte wohl die beiden Milchkannen aus Zink ausgespült, die jetzt kopfüber auf einem Spülbecken standen. Jetzt stand sie vor diesem Becken und unterhielt sich mit Fine. Rechts von beiden standen die Kühe. Diese kauten ununterbrochen und schienen durch nichts aus der Ruhe gebracht werden zu können. Von den Schweinen im hinteren Stall war ein Grunzen zu hören.

„Wer weiß, was da noch auf uns zukommt," sagte die Bäuerin gerade. „Wer weiß, wer weiß."

Jetzt bemerkten die beiden Hein.

„Ich habe Ihrer Frau gerade gesagt, dass es noch eine Menge Unruhe geben wird. Wer weiß, was da noch kommt."

„Was denn? Worum geht es denn?" Hein konnte noch nicht folgen.

„Na ja, der Flugplatz in Hatterath," meinte die Beckers, als sei das doch selbstverständlich.

„Der was?" Hein konnte sich ein Lachen nicht verkneifen. „Hatterath kriegt einen Flugplatz? So groß ist das Dorf doch jetzt auch nicht!"

Er fand das weiterhin komisch, allein die Vorstellung, in Hatterath würden Flugzeuge starten und landen, Passagiere an- und abreisen, erheiterte ihn weiterhin.

„Ja, so hab ich das gehört," jetzt war die Bäuerin pikiert, guckte stur in eine andere Richtung und ging in ihre Wohnung.

Hein schüttelte den Kopf und sagte: „Was war das denn jetzt?"

„Ach, nicht so schlimm. Sie wurde nur unsicher, weil es ja wirklich so klingt, als könnte es doch nicht stimmen. Morgen ist alles wieder gut. Irgendwas Wahres wird doch dran sein. Wir werden sehen."

„Ach du, der Voßen war eben hier. Er hat ein paar Flaschen mitgenommen. Ich hab alles aufgeschrieben. Aber er will noch 10 Liter Klaren haben. Heute noch. Bei ihm ist gleich eine Veranstaltung. Vielleicht kannst du ihm die noch bringen. Es war nichts mehr abgefüllt, sonst hätte ich es ihm ja mitgegeben."

„Ja, habe ich noch im Wagen. Na gut, dann fahr ich nochmal. Eine Veranstaltung? Heute? Unter der Woche? Was soll das denn sein?"

„Das weiß ich auch nicht."

„War sonst noch was?"

„Ja, der Schröder war da. Er hat sich das überlegt. Wir können die Hälfte seines Gartens haben als Bauplatz. Nur über den Preis will er noch mal mit dir reden."

„Ah, sehr gut. Dann hat der Stallgeruch hier vielleicht mal ein Ende. Das mit dem Preis werden wir schon hinkriegen. Ich rede morgen mit ihm. Hm, pass auf. Ich fahr jetzt noch mal kurz zu Voßen und bring ihm das."

Wenige Minuten später hielt er mit seinem Tempo auf dem Hinterhof der Gaststätte Voßen, wo allerhand Geräte und Gegenstände herumstanden, weil der Wirt auch noch Sand- und Kiesabbau betrieb. Von hinten hatte man Einblick in den Saal und sah, dass sich dort schon eine Menge Leute eingefunden hatte. Hein ging von hinten in die Küche, stellte die Ware dort ab und betrat von dort aus den Schankraum.

„N' Abend, Karl."

„Oh, Hein, schön dass du kommst. Der Korn?"

„Steht in der Küche."

„Super. Alles klar. Hier ist heute ganz schön was los, und das wird noch mehr."

„Entschuldigen Sie, Dr. Schneider mein Name, Staatskanzlei Düsseldorf," unterbrach sie ein Mann, der an die Theke herangetreten war. „Können Sie mir sagen, welcher der Herren der Bürgermeister von Geilenkirchen ist?"

„Der ist noch nicht da," sagte Voßen. „Ich bringe Sie zum Ortsvorsteher."

Er führte den neuen Gast in den Saal und kehrte dann zurück.

„Staatkanzlei! Mensch, hier ist was los," sagte er.

„Sag mal, was ist das hier? Ich versteh bis jetzt nur Bahnhof." Hein war noch nicht im Bilde.

„Die Engländer haben das ganze Gebiet beschlagnahmt und zum Sperrgebiet erklärt, um einen britischen Militärflugplatz zu bauen. Hier sollen Transportflugzeuge von und nach England starten und landen. Der Austausch der englischen Soldaten, die Heimataufenthalte, das wird dann alles über diesen Flugplatz abgewickelt. Auch eine Staffel Jagdflugzeuge soll kommen. Die sind dann hier stationiert."

„Oh, die machen viel Krach," sagte Hein.

„Sehr viel sogar. Hast du das alles noch nicht mitgekriegt?"

„Nein, nicht wirklich. Aber ich fange an zu verstehen. Du sagtest das ganze Gebiet, was heißt denn das?"

„Na, alles zwischen Straeten, Waldenrath und Niederheid, rund um Hatterath bis an Gillrath heran. Hatterath soll von den Bewohnern verlassen und alle Häuser abgerissen werden sollen."

„Was? Das geht doch gar nicht!"

„Eben! Darum ist hier heute eine Protestversammlung. Der Bürgermeister kommt, gerade kam einer von der Landesregierung, und das kannst du dir vorstellen – ganz Hatterath kommt."

„Jetzt verstehe ich einiges. Der Kerl in Birgden, der zu tief ins Glas geschaut hatte, lag tatsächlich richtig."

„Was sagst du?"

„Ach nichts, ich habe nur gerade gemerkt, dass ich heute ein paar Mal eine lange Leitung hatte."

„Karl, gib mir noch schnell einen Klaren, ich muss gleich anfangen," das war der Ortsvorsteher, der sich hinter Hein an die Theke herandrängte."

„Kommt sofort," sagte Voßen und machte sich gleich an die Arbeit.

„Hände weg von Hatterath!" schrie jetzt einer im Saal. Als er es erneut rief, hatten sich schon eine Handvoll Leute angeschlossen. Kurz darauf skandierte der ganze Saal: „Hände weg von Hatterath!"

„Mensch, ich muss jetzt anfangen und die Veranstaltung eröffnen, und der Bürgermeister ist noch nicht da," rief der Ortsvorsteher.

„Ist er doch!" Ein weiterer Mann kam heran und strahlte alle an.

„Nanu, gute Laune, Herr ‚Bürgermeister'. Was ist los mit dir?" fragte der Ortsvorsteher interessiert nach.

„Wir hatten gerade eine tolle Idee, die könnte unser Problem mit Hatterath lösen."

„Erzähl," sagte der Ortsvorsteher. Die übrigen Männer spitzten die Ohren.

„Also wir haben ja schon überlegt, Briefe zu schreiben an Landes- und Bundesregierung, den Chef der Militärregierung und an den englischen Premierminister Attlee. So – und da steht drin, dass wir bitten, von der Räumung Hatteraths abzusehen."

„Ja, ja, aber wo ist die neue Idee?" Der Ortsvorsteher wurde ungeduldig.

„Langsam, langsam. Wir schlagen denen vor, doch stattdessen den Flugplatz in der Teverner Heide zu bauen. Die gehört zum größten Teil dem Staat, und da braucht kein Dorf zu weichen, weder Teveren noch Grotenrath. Na, was sagst du?"

„Klingt zu schön, um wahr zu sein. Aber ob die das machen?"

„Das werden wir sehen, aber auch für die Engländer hat das doch Vorteile. Und noch eine Idee: Wir schreiben auch noch Churchill an! Der kennt die Gegend hier aus dem Krieg. Er ist zwar nicht mehr Premierminister, aber er hat noch viel Einfluss. Einen Versuch ist es wert."

„Mein Gott, ich bin doch nur Ortsvorsteher. Und jetzt kommt hier plötzlich die Bundesregierung ins Spiel, der britische Premierminister und nun auch noch Churchill. Ich kann das nicht glauben."

Dann schwieg er und guckte starr auf die Theke.

„Ach komm schon," durchbrach Voßen, der Wirt, die Pause, „noch nen Schnaps?"

„Oh, ne, lass gut sein." Der Ortsvorsteher schüttelte sich kurz und sagte dann zum Bürgermeister: „Gut, dann lass uns anfangen, dann kannst du deinen Plan gleich den Leuten erzählen."

„Ja, aber erst sollen sie Gelegenheit haben, Dampf abzulassen." Damit gingen die beiden Männer in den Saal.

9 Ein kalter Februarmorgen

Es hatte ein wenig gefroren, und er musste die Scheiben des Wagens von Eis freikratzen. Für einen Februartag nichts Ungewöhnliches. Die Bäuerin schleppte gerade die Milchkannen an den Straßenrand. Sehr spät eigentlich, aber sie hatte damit gewartet, weil Frostwetter herrschte. Hein warf einen Blick auf die gegenüberliegende Ziegelei Teeuwen. Der Schornstein qualmte ordentlich, und er überlegte, wie hoch dieser wohl sein mochte. Schwer zu sagen, er tippte auf vierzig oder fünfzig Meter, vielleicht auch mehr. Der Rauch stieg senkrecht in die eiskalte Luft auf. Von der Ziegelei hörte man das Quietschen der Transportbänder, die die geformten Dachziegel zum Ofen beförderten. Die anderen Bänder, die mit den bereits gebrannten Ziegeln zum Abkühlen im Zick-Zack-Kurs über zwei Etagen zockelten, erzeugten einen etwas anderen Ton. Das konnte er nach den wenigen Monaten in Gillrath schon heraushören.

Ein Mann kam gerade mit ein paar Papieren in der Hand aus dem Büro der Ziegelei, das auf dieser Straßenseite im Haus des Fabrikanten untergebracht war, überquerte die Bundesstraße und ging zu einem Lastwagen. Einer der Arbeiter der Ziegelei trat hinzu, warf einen Blick auf die Papiere und gab dem Mann Handzeichen, er solle ihm folgen.

Hein schloss den Laderaum des Tempo auf und räumte alles, was er noch im Wagen hatte, aus und stellte es in einer Ecke des Stalles ab. Mit dem leeren Wagen machte er sich dann auf den Weg nach Geilenkirchen. Die Straße war wohl ein wenig glatt, das merkte er schon beim Einbiegen auf die Bundesstraße. Der Vorderradantrieb hielt den Tempo aber gut in der Spur. Trotzdem reizte er die Geschwindigkeit nicht voll aus, sondern fuhr eher bedächtig.

Die Straße war wie eine Allee an beiden Seiten von zahlreichen Bäumen gesäumt. Das sah wunderschön aus und tauchte die gesamte Straße bei Sonnenschein in den Schatten. Häufig aber führten die nahe am Wegesrand stehenden Bäume zu katastrophalen Unfällen, da jeder Wagen, der auch nur kurzfristig aus der Spur geriet, mit einem der Bäume kollidierte. Da es noch keine Anschnallgurte, geschweige denn andere Sicherungsmaßnahmen in den Fahrzeugen gab, endeten solche Unfälle häufig mit schwerwiegenden Folgen. Besondere Gefahr ging in dieser Zeit zunehmend von den englischen Soldaten aus, die besonders bei Dunkelheit und insbesondere, wenn sie ein Gläschen getrunken hatten, häufig auf der linken Fahrspur fuhren. So waren sie es aus England gewohnt.

Als er nach wenigen hundert Metern die Gärtnerei Stahl erreichte, sah er schon das gelbe Blinklicht eines Abschleppwagens. Als er näherkam, bemerkte er, dass es der markante Ford von Franzens Hein war. Die blassblaue Lackierung, die langgestreckte hohe Motorhaube und das gelbe Rundumlicht, das mittig auf dem Fahrerhaus angebracht war, all das gehörte zum Abschlepper der Esso-Tankstelle und Ford-Werkstatt von

Franzen, die er gerade noch passiert hatte. Im Feld stand ein Borgward, der auf glatter Straße wohl ins Rutschen geraten war. Der Fahrer hatte das Glück gehabt, zwischen zwei der Alleebäume hindurch zu rutschen und nicht mit einem der Bäume zu kollidieren. Der Fahrer stand am Fahrbandrand und schaute zu, wie Franzen versuchte, mit einer Winde den Wagen zurück auf die Fahrbahn zu ziehen. Hein hielt an, öffnete das Fenster und rief dem Fahrer zu: „Ist was passiert?"

Der winkte gleich ab und antwortete:

„Nein, alles gut, bin nur weggerutscht, Polizei wird nicht gebraucht, alles gut."

„Auch nicht für die Versicherung? Ruf lieber die Polizei!"

„Nein, nein, bloß nicht, es ist nichts passiert."

Auch Franzens Hein gab ihm jetzt Zeichen, er könne weiterfahren. Als Hein seine Fahrt fortsetzte, erreichte er nach kurzer Fahrt Geilenkirchen. Dort passierte er das Amtsgericht, fuhr hinab zum Markt, überquerte die Wurmbrücke - auch die war spiegelglatt - und erreichte später den Bahnübergang. Dort bog er rechts ab zur Güterabfertigung. Er parkte rückwärts an der Laderampe, nahm die Postkarte, mit der er benachrichtigt worden war, und ging in die Lagerhalle. Wenig später konnte er mit Hilfe eines Bahnbediensteten einen 50 kg schweren Behälter Zuckersirup in den Wagen laden. Es folgten drei kleinere Behälter mit Essenzen. Neugierig las der Mann von der Bahn, was auf den Pappschildchen stand, die mit einem dünnen Draht an den Behältern befestigt waren. „Pfefferminzessenz,

Weichselkirschgrundstoff, Vanilleessenz, das klingt alles sehr lecker. Ist das für die Backstube?" fragte er.

„Ne, ne, ich werde ein paar neue Liköre herstellen. Die sind zurzeit gefragt," meinte Hein.

„Ach, da fällt mir ein: Eben ist noch was für dich angekommen. Zwei so Tonfässer."

„Was? Die Tongefäße sind schon da? Na, dann wollen wir mal probieren, ob die auch noch reinpassen. Das müsste aber eigentlich klappen. Das sind kleine 50 Liter Gefäße."

„Für die Liköre?"

„Genau, für die Liköre."

Nachdem alles verladen war, fuhr er zurück in Richtung Gillrath. Als er in Bauchem das Steinbuschbad gegenüber dem markanten Wasserturm erreichte, sah er, dass Franz, der Wirt, gerade an der Eingangstür stand. Schnell lenkte er seinen Tempo unter die Bäume, die auf dem Vorplatz standen, und parkte den Wagen.

„Tag Franz, geht' s gut?"

„Ach, guten Tag, komm herein," sagte der Wirt.

„Ich war gestern schon mal hier. Da war alles zu und keiner da. Und jetzt sah ich dich gerade hier stehen."

„Tja, im Moment ist es sehr ruhig, da mach ich nicht jeden Tag auf. Am Samstag sollte eine Kappensitzung sein, die ist aber abgesagt worden, weil zur gleichen Zeit in Gillrath auch eine Kappensitzung ist, bei Plum-Jansen auf dem Sälchen. Darum brauch ich auch nichts von dir. Alles noch da."

„Läuft es nicht mehr?" fragte Hein vorsichtig.

„Ne, im Moment nicht. Aber das kommt wieder. Wenn es wieder wärmer wird, fangen wir mit Tanzveranstaltungen im Saal an. Und am 1. Mai öffnen wir wieder das Freibad. Dann brummt der Laden wieder."

Das Steinbuschbad war das einzige Freibad in Geilenkirchen und Umgebung und wurde seit Mitte der 30er Jahre privat betrieben. Bei entsprechenden Außentemperaturen war das Bad stets gut gefüllt, und niemand störte sich daran, dass die Becken nicht beheizt waren. Von dem gut besuchten Bad profitierte natürlich auch die angeschlossene Gastronomie.

„Gut," sagte Hein. „In drei Wochen komm ich wieder rein. Wenn du zwischendurch etwas brauchst, gib mir Bescheid."

„Hast du denn jetzt Telefon?"

„Nein, leider noch nicht. Aber wir fangen bald an zu bauen, auf der anderen Straßenseite, da wo die Ziegelei ist. Wenn wir da einziehen, habe ich auch Telefon."

Wenige Minuten später passierte er am Ortseingang von Gillrath die Tankstelle von Franzen, und kurz darauf rollte der Tempo wieder am Bauernhaus Beckers in Gillrath aus. Vor dem Tor zum Kuhstall stand ein älterer Mann. Er trug einen dunklen langen Wintermantel und einen dunklen Hut. Es war Plum, sein Schwiegervater, der genüsslich eine Zigarre rauchte.

„Oh, hoher Besuch," sagte Hein.

„Ja, ich will mal wieder gucken, wie es euch geht," sagte Plum. „Gillrath ist ja mein Heimatdorf, und meine Mutter war ich auch schon besuchen. Fine ist wohl nicht da. Ich hörte, dass sie ins Dorf gegangen ist, zu Laufs in den Laden, irgendwas kaufen. Die Beckers meinte, Garn und Knöpfe oder sowas, ich weiß es nicht mehr."

„Ja, das kann sein. Sie näht sich gerade ein Umstandskleid. Aber ich dachte, sie wollte zu Bingen und ein Paar Schuhe von mir zum Besohlen abgeben. Bist du mit dem Zug gekommen?"

„Ja, die Fahrt mit der Bahn ist für mich ja frei. Bis Gangelt bin ich mit dem Fahrrad gefahren."

„Schön, dass du da bist. Kannst du mir gleich beim Abladen helfen?"

„Ja, das machen wir gleich." Er blickte auf die Ziegelei und sagte dann: „Daneben wollt ihr bauen?"

„Ja, genau, der Plan ist in Arbeit. Erstmal vier Räume für den Betrieb, ausreichend groß und zwei Wohnräume - erstmal. Später bauen wir dann vielleicht noch ein komplettes Wohnhaus davor."

Von der Ziegelei her hört man ein sich ständig wiederholendes „Ping", das dadurch entstand, dass ein Arbeiter die Dachziegel mit einem hölzernen Klopfer anschlug. War der Ziegel in Ordnung, ertönte ein heller gleichmäßiger Ton. Waren beim Brand oder beim Trocknen feine Risse entstanden, ertönte hingegen ein dumpfer Ton. Diese Ziegel wurden aussortiert und nicht verkauft, da sie früher oder später reißen würden und kein dichtes Dach garantieren konnten. So entstand durch dieses Abklopfen der immer gleiche wiederkehrende Ton, manchmal über Stunden.

„Na, die Dachziegel haben es ja dann nicht weit bis zur Baustelle. Besser geht es ja nicht."

„Tja," meinte Hein. „Ich hoffe, die stellen dann auch noch welche her!"

„Wieso nicht?" fragte Plum irritiert.

„Die haben Probleme. Der Flugplatz soll ja nicht mehr nach Hatterath, sondern in die Teverner Heide. Das ist zwar noch nicht entschieden, aber so sieht es jetzt aus. In der Heide liegen aber die Tongruben, aus denen die Ziegeleien ihren Schieferton holen. Wenn diese Gruben hinter dem Zaun des Flugplatzes verschwinden, dann ist hier Schluss. Ohne Ton kannst du keine Ziegel herstellen."

„Hier sind doch drei Ziegeleien. Betrifft das alle?"

„Ja, die Tongruben sind im Gebiet der Heide. Da sind alle von abhängig."

„Aber gerade jetzt, wo so viel gebaut wird und noch viel mehr gebaut werden muss, weil alles vom Krieg kaputt ist, brauchen wir doch Dachziegel. Überall."

„Und Gillrath braucht die Ziegeleien. In allen drei Werken, also mit Krückels in Panneschopp, sind fast 250 Arbeiter beschäftigt. Die meisten aus Gillrath. Einige auch aus den Dörfern drumherum. Die meisten haben Familie und sind Alleinverdiener. Wo sollen die alle denn sonst eine Arbeit finden?"

„Ja, kann man da nichts machen?"

„Vor ein paar Monaten war ja der Protest groß, weil man Hatterath dafür aufgeben und abreißen wollte. Dann gab es Protestveranstaltungen und offizielle Briefe der Stadt."

„Ich weiß. Sogar an Churchill haben die geschrieben."

„Ja, und der hat auch geantwortet, dass er sich für den Erhalt des Dorfes einsetzen will."

„Och, das wusste ich nicht."

„Jetzt steht eben der Vorschlag im Raum, nicht das Gebiet um Hatterath zu nehmen, sondern Teile der Teverner Heide. An die Ziegeleien hat man dabei wohl nicht gedacht."

„Kann man denn die Gruben nicht einfach außerhalb lassen, so groß sind die doch gar nicht?"

„Das derzeitige Abbaugebiet könnte man ja schonen, das stimmt. Es geht aber auch darum, wo man in ein, zwei oder fünf Jahren den Ton abbaut, denn die jetzigen Gruben sind irgendwann ausgebeutet. Es geht wohl um 10 Hektar Heideland, unter dem Schieferton liegt. Jedenfalls ist bald wieder eine Protestveranstaltung in der Wirtschaft. Dieses Mal bei Plum-Jansen, also in deinem Elternhaus. Aber dieses Mal protestieren eben andere. Das wird eine schwierige Sache, denn die wollen ja auch, dass Hatterath erhalten bleibt."

„Da kommt übrigens Fine," sagte Plum. „Ich weiß auch nicht, wohin das alles führen soll. Der Krieg ist schon mehr als fünf Jahre zu Ende, und jetzt wollen die Engländer hier einen Flugplatz bauen. Das machen die doch auch nicht für ein oder zwei Jahre. Also wie lange wird das denn alles noch weitergehen? Der Selfkant ist jetzt schon bald zwei Jahre holländisch, und auch da ist kein Ende abzusehen. Vielleicht bleiben wir doch für immer jenseits der Grenze."

Fine hatte die beiden jetzt erreicht und begrüßte ihren Vater.

„Was ist los?" fragte sie. „Gibt es was Neues?"

„Ich habe nur gerade von den Sorgen der Ziegeleien erzählt," berichtete Hein.

„Ja, das ganze Dorf spricht davon, das wird dann richtig schwierig, wenn der Flugplatz nach Teveren kommt. Bei Laufs erzählte eine Frau, dass ja der Flugplatz vielleicht auch Arbeit für Leute aus Gillrath bringen könnte. Daran hat auch noch keiner gedacht."

„Was soll das denn für eine Arbeit sein?" blieb Plum skeptisch.

„Na, es kann schon sein, dass die Zivilisten brauchen, schließlich entsteht ja dort dann quasi eine kleine Stadt mit allem, was dazugehört. Da können die schon auch Arbeitskräfte brauchen. Die Engländer werden ja nicht alle Handwerksberufe in den eigenen Reihen haben. Das kann schon sein."

„Soll ich uns mal einen Kaffee kochen? Was meint ihr?" löste Fine jetzt die Situation auf.

„Ja, das ist gut," stimmte Hein ihr zu. „Und bis der Kaffee dampft, laden wir noch eben den Wagen ab."

10 Bei Mutti Kriege

Der Juli des Jahre 1963 war heiß und trocken. An diesem Mittwoch, dem letzten Tag des Monats, war es nicht ganz so heiß wie am Vortag. Aber die Hitze steckte noch in den Häusern. Das Mauerwerk hatte sich tagelang aufgeheizt und gab diese Wärme jetzt allmählich wieder ab. Das trieb den Leuten den Schweiß auf die Stirn. Auch Hein schwitzte. Er hatte in den letzten Jahren ordentlich an Gewicht zugelegt und stellte jetzt fest, dass man dann im Hochsommer auch deutlich mehr schwitzte. Er steuerte seinen Wagen vor die Gaststätte Kriege direkt am Geilenkirchener Bahnhof. Beim Abstellen des Wagens musste er aufpassen, dass er mit seinem kleinen einachsigen Anhänger nirgendwo aneckte. Das Lastendreirad war längst Geschichte. Vor zwei Jahren hatte er den Opel Kapitän, den er damals fuhr, gegen einen gebrauchten Mercedes 180 eingetauscht. Der Anhänger mit der festen Abdeckung war auch vorher schon vom Opel gezogen worden. Den brauchte er für die Korbflaschen.

Als er ausstieg und in Richtung Eingangstür ging, erschütterte ein plötzlicher ohrenbetäubender Lärm die Stadt. Hein warf einen verärgerten Blick auf den Düsenjäger, der im Tiefflug über die Innenstadt Geilenkirchens hinweg auf den Flugplatz Teveren zusteuerte.

„Verdammte Düsenjäger," rief der Mann, der gerade aus dem LKW kletterte, der vor ihm parkte. „Mann, hab ich mich erschreckt," sagte er und hielt sich dabei einen Augenblick lang an seinem LKW fest. Er war ordentlich beleibt, war schweiß gebadet und jetzt zudem aufgrund des unerwarteten Überfluges auch noch kreidebleich.

„Hast du das noch nie erlebt?" fragte Hein, „das machen die doch zehn Mal am Tag."

„Ne, aus der Nähe habe ich das noch nicht mitgekriegt."

„Na, da schmeckt das Bierchen gleich noch mal so gut," meinte Hein aufmunternd und schob ihn vor sich her durch die Türe der Wirtschaft.

Der kräftige Mann drehte sich noch einmal zu ihm herum und meinte:

„Ich glaub, ich kenn dich, ich weiß aber nicht woher."

„Hm," Hein zuckte die Achseln. Er war sich sicher, den Mann nicht zu kennen.

Gemeinsam traten sie an die Theke, wo schon fünf weitere Gäste an diesem Nachmittag ihren Durst mit einem Bier zu löschen versuchten und in Gespräche vertieft waren. Einer drehte sich herum, sah die Neuankömmlinge und rief:

„Mutti, ein Glas Milch für deinen neuen Gast."

Alle drehten sich herum und lachten lauthals.

„Keine Milch, der ist ja jetzt schon ganz blass, gib ihm lieber einen Krancampo."

Erneutes Gelächter folgte. Der Mann winkte nur lässig ab und reagierte nicht weiter darauf.

„Wieso eine Milch?" fragte Hein, der den Witz nicht verstanden hatte.

„Ich fahr den Tankwagen der Molkerei, der die Milch bei den Bauern abholt. Den Neuen, hast du den draußen nicht gesehen? Mit Saugrüssel und Pumpe, ganz modern," erklärte der Mann.

Die Wirtin, die von ihren Gästen nur ʻMutti Kriegeʻ genannt wurde, trat heran und fragte:

„Ein Bierchen?"

„Ja, gerne", antwortete der Gast.

„Für dich ein Wasser und einen Korn?" fragte sie Hein.

„Lieber ein Wasser und einen Wacholder," wünschte dieser.

Draußen ertönte das Pfeifen der Diesellok der Kleinbahn. Mitte der fünfziger Jahre waren die Dampfloks durch Dieselloks ersetzt worden.

„Zug kommt, gleich kommt Will rein," rief einer der Gäste an der Theke.

„Hier dein Bierchen, Jan," sagte die Wirtin, legte einen Bierdeckel vor den Milchwagenfahrer und stellte ein Glas Bier darauf.

An Hein gewandt sagte sie: „Ich brauch zehn Liter Wacholder und dann…".Hier stockte sie und suchte nach der richtigen Formulierung. „Die Leute fragen mich in letzter Zeit nach anderen Sachen als nach Klarem oder Verschnitt. Sie wollen jetzt Doornkaat oder Steinhäger, Asbach oder Chantre oder Dujardin. Lauter Sachen, für die es Werbung gibt auf Plakatwänden oder Litfaßsäulen, in Zeitschriften oder im Kino, weißt du."

„Kein Problem," sagte Hein, „das führe ich auch."

„Ach," Mutti Kriege schaute ihn erleichtert an, „das wusste ich nicht. Ich dachte, dass würde ich nur in irgendwelchen Großhandelsmärkten holen müssen."

„Nein, nein, kein Problem, hab ich alles im Auto. Handelsware ist das für mich. Ich kauf das bei der Vertretung der Firmen ein und kann es flaschenweise verkaufen. Sag mir nur, was du brauchst. Nicht nur hier wird das verlangt, das ist jetzt überall so. Man sieht das irgendwo auf der Reklametafel oder im Kino, wo nicht nur die Werbung läuft, sondern auch die Schauspieler im Film oder im Fernsehen genau das trinken. Auch Martini wird verlangt, weil man das in amerikanischen Filmen trinkt. Dann fragt man auch in der Wirtschaft danach. Tja, und jetzt habe ich Martini im Wagen. Hätte ich früher auch nicht gedacht."

„Also, ich brauche drei Flaschen Doornkaat und zwei Flaschen Dujardin. Und den Wacholder, das sagte ich ja schon."

„Hab ich alles dabei. Hole ich gleich rein," sagte Hein.

„Wiiilliii..," riefen die Männer an der Theke gemeinsam.

Will, der Lokführer, kam herein und ging von Mann zu Mann. Er begrüßte nicht nur alle, er kannte anscheinend auch alle und konnte gleich mit jedem ein Schwätzchen halten. Auch an ihm war die Zeit nicht spurlos vorbeigegangen. Vom einst vollem Haar war nur noch ein Haarkranz übrig, der das kahle Haupt umschloss. Der Bauch hatte deutlich an Umfang gewonnen.

Bald war er bei Hein angekommen.

„Na, was macht dein Schwiegervater? Plum ist doch dein Schwiegervater?"

„Ja, das ist er. Dem geht's gut. Fit wie ein Junger."

„Wie alt ist er jetzt?"

„Warte mal, er wird im Oktober siebenundsiebzig. Und du fährst immer noch die Lok?"

„Ja, aber natürlich Güterverkehr. Du weißt ja, dass die Kleinbahn den Personenverkehr 1960 eingestellt hat. Seitdem fahren ja nur noch Busse. Der Güterverkehr war auch mal mehr. Im Moment, jetzt im Sommer, sind nur wenige Fahrten. Wenn im September und Oktober die Rübenernte auf Hochtouren läuft, dann ist meine VT2-Lok tagsüber ununterbrochen unterwegs. Aber bis dahin kann sie sich noch was ausruhen. Sag mal, was macht Fine?"

„Der geht es prima, alles gut."

„Ihr habt ein Kind – oder?"

„Ja", sagte Hein, „sogar zwei, zwei Jungs. Der Ältere ist schon zwölf, der Kleine ist acht."

„Ach, guck an. Und du Jan? Was macht der neue Beruf? Keine Sehnsucht nah dem alten Hof?" wandte er sich jetzt an den Milchwagenfahrer.

„Ne, ist schon in Ordnung so. Allein hätte ich das auf Dauer nicht geschafft mit Vieh und Kartoffel- und Getreideanbau. Auch die Kosten, die dann aufgelaufen wären, ein neuer Trecker hätte hergemusst, eine Erntemaschine. Ach, hör auf. Ist schon gut so, wie es ist. Wenn ich jetzt Feierabend hab, dann habe ich Feierabend. Früher gab es nie Feierabend. Dann kalbte eine Kuh, dann musste das Heu noch rein, bevor der Regen kam, und dann war dies und war das. Es war auch eine schöne Zeit, aber jetzt ist auch gut."

„Ja, das tut mir so leid, dass deine Marie so früh gestorben ist, Mensch, was soll ich sagen?"

„Was hat sie denn gehabt?" mischte Hein sich jetzt ein.

„Leukämie, heißt das. Man sagt auch Blutkrebs. Wenn du das hast, dann hast du es und stirbst daran, da kann man nix dran machen. Ich hab damals nach dem Krieg in jungen Jahren den elterlichen Bauernhof übernehmen müssen, weil mein Vater den Krieg nicht überlebt hat. Er ist im Lager Vught gestorben. Ohne Marie hätte ich das nicht geschafft."

Jetzt horchte Hein auf. „Sag mal, Jan, Marie, bist du aus Hastenrath? Der Bauernhof!"

„Ja klar. Warum? Weißt du jetzt, woher wir uns kennen?"

„Ja sicher. Der Abend bevor der Selfkant holländisch wurde. Weißt du nicht mehr? Ich hatte meine Sachen für ein paar Wochen bei dir untergestellt, bevor ich eine neue Bleibe gefunden hatte."

„Ach, ich wusste es doch, wir kennen uns."

„Ich hab dich nicht erkannt," sagte Hein.

„Ja," meinte Will, „ganz schön dick geworden unser Jan was." Lachte und tätschelte dem Milchwagenfahrer den Bauch. Alle lachten.

„Und du machst immer noch Schnaps?" fragte Jan.

„Genau. Ich bin ja damals in Gillrath untergekommen. Erst auf einem Bauernhof über dem Stall. Später haben wir dann gebaut und nach und nach den Betrieb erweitert."

„Hast du jetzt Leute beschäftigt?" fragte Jan interessiert nach.

„Nein, im Prinzip ist das ein Ein-Mann-Betrieb. Meine Frau hilft mit, und eine Haushaltshilfe hilft manchmal auch im Betrieb mit. Aber im Prinzip mach ich das Meiste alleine. Mittlerweile habe ich so ungefähr hundert Wirtschaften, die ich regelmäßig beliefere und alle drei Wochen besuche. Es läuft. Ich bin zufrieden."

„Tja," meinte Jan, „seitdem ist viel Zeit vergangen. Mein lieber Mann."

„Vierzehn Jahre müssen das sein, denn das war 1949, als der Selfkant holländisch wurde."

„Schon komisch, dass wir uns ausgerechnet heute treffen, wo doch morgen der Selfkant wieder deutsch wird."

„Das ist in der Tat erstaunlich."

„Selfkant, da sagt ihr was," mischte sich Will ein. „Ihr glaubt nicht, was da heute los ist!" Da er dies mit lauterer Stimme sagte, hörten die anderen Männer ihrem Gespräch jetzt auch zu.

„Wieso? Was ist denn da los? Will, erzähl," rief einer der Männer, der auch nicht erst ein Bierchen intus hatte.

„Ich war heute in Höngen," begann Will.

„Mit der Lok?" rief der Mann an der Theke unter dem Gelächter der anderen.

Will hatte dafür nur einen strafenden Blick übrig.

„Ne, im Ernst. Die Dörfer werden heute zugeparkt, ach, was sag ich, die werden besetzt."

„He? Von wem?"

„Lastwagen, Anhänger, Sattelschlepper, Trecker mit zwei Hängern dran, alles. Wagen an Wagen, LKW an LKW, der ganze Straßenrand der alten Bundesstraße steht voll von Tüddern bis an die Grenze heran. Alle Seitenstraßen voll, auch in Höngen. Schuppen und Scheunen wurden angemietet und vollgepackt. Alles voll. Das könnt ihr euch nicht vorstellen."

„Versteh ich nicht! rief einer der Männer. „Was haben die denn alle geladen?"

„Na, Kaffee, Tee, Zigaretten, Butter, Eier, Konservendosen, alles, was in Holland günstiger ist."

„Ah, verstehe," meinte Hein. „Die warten einfach, bis die Grenze nicht mehr vor ihnen ist, sondern hinter ihnen."

„Genau," bestätigte Will. Und dann geht die Geschäftemacherei erst los. Keinen Zoll bezahlen und doch nicht schmuggeln. Das ist die Idee. Was soll da schief gehen? Hätte ich auch draufkommen können. Bin ich aber nicht."

Erneut donnerte ein Düsenjäger über die Wirtschaft hinweg und ließ alle zusammenfahren. „Daran werde ich mich nie gewöhnen", stöhnte Jan. Erneut hatte ihm der Überflug mächtig zugesetzt. Hein klopfte ihm auf die Schulter und fragte:

„Mensch, was ist denn los mit dir?"

Jan druckste etwas herum und meinte schließlich: „Ich hab 1944 eine Bombennacht in Heinsberg miterlebt, die war heftig. Im Keller der Eltern von meiner Marie. Seitdem hab ich das und werde es nicht mehr los."

Die Männer prosteten sich zu und tranken einen Schluck.

„Ich habe immer gedacht", begann Jan erneut das Gespräch, „der Selfkant wird nie mehr deutsch. Als sich erstmal alle daran gewöhnt hatten, lief es doch gut. Die Leute waren zufrieden. Wer in Rente ging, kriegte von den Holländern eine zusätzliche Rente. Die Kinder und die jungen Leute kannten die holländischen Schulen besser als die deutschen. Man fand Arbeit in Sittard oder Geleen oder Brunssum, es lief doch alles."

„Ja schon, aber der Selfkant ist doch deutsch und war immer deutsch," hielt Hein dagegen. „Die holländische Verwaltung sollte doch nur für die Zeit gelten, bis man sich über den Ausgleich von Kriegsschäden geeinigt hatte und Deutschland in der Lage war, den Ausgleich zu bezahlen."

„Du meinst die 280 Millionen D-Mark, die Holland jetzt kriegt?"

„Wieviel?" fragte Will ungläubig.

„Die haben sich auf 280 Millionen D-Mark geeinigt," bestätigte Hein.

„Mein Gott," Will konnte es nicht glauben. „Das ist ja pro Selfkänter..." Es schien, als ob er im Kopf versuchte, die gewaltige Summe durch die Anzahl der Menschen, die im Selfkant leben, zu teilen. Doch schon nach kurzer Zeit gab er sein Ergebnis bekannt und vervollständigte seine Äußerung mit „...viel Geld."

„Hätte man die Leute in den Selfkantdörfern jetzt abstimmen lassen, ob sie lieber zu Deutschland oder zu Holland gehören wollen, das wäre knapp geworden. Viele wollen, dass es einfach so bleibt," meinte Jan.

„Als das 1949 anfing, sind die Leute auch nicht gefragt worden, da wollte keiner zu Holland," hielt Hein dagegen. „Ich erinnere mich noch gut, dass damals auf die Straßen geschrieben wurde und Plakate hingen mit Parolen wie „Der Selfkant ist deutsch und bleibt es immer."

„Ja," ließ sich Jan nicht umstimmen, „man fürchtete ja, dass sich die Holländer für die von den Nazis verübten Taten rächen könnten und die Selfkant-Bevölkerung das ausbaden muss. Aber dem war nicht so. Ich war ja auch dagegen, daran erinnerst du dich vielleicht auch noch. Zumindest in den letzten zehn Jahren ist es gut gelaufen. Da gab es kein böses Blut. Die Stimmung ist heute eine andere als vor vierzehn Jahren."

„Na, seid ihr heiß am Diskutieren," sprach ein junger Mann, der die Gaststätte betreten hatte und an Jan herangetreten war.

„Ach, da bist du ja," sagte Jan und klopfte dem jungen Mann auf die Schulter. „Ja, der Selfkant beschäftigt uns noch. Um Mitternacht beginnt da wieder eine neue Zeit, und alle werden sich wieder neu orientieren müssen. Und du? Alles klar bei dir, Franz?"

„Ja, sieht gut aus," antwortete Franz. „Ich glaube, ich finde eine neue Stelle."

„Mein Nachbar Franz, hier, war nämlich gerade beim Arbeitsamt," erklärte Jan.

„Hast du keine Arbeit?" fragte Hein.

„Doch, ich bin in Gillrath bei der Ziegelei Teeuwen, aber es läuft nicht mehr so gut da. Wenn die anfangen, Leute zu entlassen, bin ich einer der ersten. Die anderen sind schon viel länger dabei und wohnen in Gillrath. Ich komme aus Hastenrath und bin erst ein paar Jahre da. Da guck ich mich vorher halt schon um."

„Die Ziegelei Teeuwen auf dem Berg? Die andere heißt ja auch Teeuwen," hakte Hein nach.

„Ja, genau," bestätigte Franz.

„Ich wohne ja direkt daneben."

„Ah, der blaue Mercedes, der draußen steht, der mit dem Anhänger. Den seh ich auch oft in Gillrath stehen neben der Ziegelei."

„Ja, das ist meiner. Also ich habe noch nicht gehört, dass die Ziegelei Schwierigkeiten hat, aber es fällt auf, dass da in den letzten Monaten immer größere Stapel an Dachziegeln auf dem Gelände lagern."

„Genau. Der Berg an unverkauften Ziegeln wird täglich höher. Die Leute wollen heute mehr und mehr Ziegel aus Beton und nicht aus Ton. Die Betonziegel sollen besser sein und sind nicht so teuer. Aber der Preis bei unseren Ziegeln ist wohl auch hoch, weil der Ton aus Brüggen geholt wird. Mit dem LKW. Das sind jedes Mal vierzig Kilometer. Früher kam der Ton aus der Teverner Heide. Das waren zwei Kilometer, und die Grube gehörte der Ziegelei. Dann kam der Flugplatz und die Tongruben verschwanden hinter dem Zaun. Deshalb muss der Ton jetzt geholt werden. Das ist der Unterschied."

„Und jetzt läuft es nicht mehr," stellte Hein fest.

„So ist das. Ich schätze, dass jetzt mehr als 100.000 Ziegel auf dem Gelände lagern. Das gab es bis letztes Jahr nicht. Spätestens nach zwei oder drei Tagen waren bis dahin fertige Ziegel verkauft und alle weg."

„Was hast du denn auf dem Arbeitsamt erreicht?" fragte Jan dazwischen.

„Auf dem Flugplatz gibt es freie Stellen. Bei den Engländern. Ich kann mich morgen dort vorstellen."

„Fliegst du jetzt Düsenjäger?" wollte Will wissen.

„Quatsch. Die suchen Leute für die LKW-Werkstatt."

„LKW-Werkstatt? Welche? Wo?" Will war irritiert.

„Auf dem Flugplatz gibt es alles Mögliche. Das wissen die Wenigsten, weil man als normaler Mensch da nicht reinkommt. Die haben Werkstätten und Geschäfte, nur für die Engländer. Ein Restaurant und einen Pub, das ist eine englische Wirtschaft. Sogar ein Kino gibt es da, wo nur englische Filme laufen."

„Ach, die bleiben wohl noch länger hier, was?"

„Da kannst du von ausgehen."

„Was verdient man denn da?" wollte Jan wissen.

„Also auf dem Arbeitsamt haben sie gesagt, dass ich am Anfang ungefähr das kriege, was ich auch in der Ziegelei bekomme. Aber spätestens nach einem Jahr steigt das deutlich an. Der Wechsel würde sich also für mich lohnen. Wie lange die Engländer noch bleiben, weiß heute keiner. Aber ich denke mal drei oder vier Jahre mindestens."

„Ja, dann geh du mal zum Flugplatz. Aber jetzt will ich wieder fahren. Komm Franz, auf nach Hastenrath."

Hein schaute auf die Uhr, „Ich hol mal schnell die Ware rein, dann muss ich auch weiter. In Teveren ist am Sonntag Kirmes, da muss ich heute noch was liefern. Dann fahr ich nach Hause und erzähl Fine, was im Selfkant los ist. Mal sehen, vielleicht fahren wir heute doch noch mal schauen, was da im Selfkant passiert."

11 Was danach kam

Der Selfkant gehört seit dem 1. August 1963 wieder zu
Deutschland. Die beiden 1949 eingerichteten
Grenzübergänge wurden aufgegeben, und die alten
Grenzanlagen wurden wieder in Betrieb genommen.
Anstelle des Landdrostes übernahmen wieder die
Gemeinden die Verwaltungstätigkeit. Zwei Jahre später
wurden diese in einer neuen Gemeinde mit dem Namen
„Selfkant" zusammengefasst. Ein Novum blieb die Straße
N274, die zur Zeit der Auftragsverwaltung gebaut worden
war und die niederländischen Gemeinden Koningsbosch
und Brunssum miteinander verband und damit den
„Zipfel" des Selfkantes durchtrennte. Diese Straße blieb
als „neutrale" Straße erhalten und hatte auf deutschem
Gebiet keine Möglichkeit der Zufahrt oder Abfahrt,
obwohl sie den Selfkant durchquerte. Im Jahre 1995,
zweiunddreißig Jahre nach der Rückgliederung, trat das
Schengener Abkommen in Kraft, seither kann die Grenze
ohne Kontrollen passiert werden. Die „neutrale" Straße
wurde in das deutsche Straßennetz eingegliedert.

Die Kleinbahnstrecke von Gangelt nach Tüddern wurde
nie mehr reaktiviert. Als Rekordjahr ging das Jahr 1947
in die Geschichte ein, in dem die Kleinbahn, bedingt
durch die zahlreichen Hamsterfahrten, sage und schreibe
anderthalb Millionen Passagiere beförderte. Da die Zahl
der Fahrgäste stetig zurückging, wurde der
Personenverkehr auf der Schiene 1960 eingestellt. Der

Verkehr verlagerte sich von der Schiene auf die Straße, statt der Züge fuhren nun Busse. Ende der sechziger Jahre endete auch der Güterverkehr auf der Schiene. Auf dem Streckenabschnitt von Gillrath bis Schierwaldenrath wurde schon bald eine Museumsbahn gegründet, die bis heute dort Dampflokfahrten durchführt. An der Wehrer Bahn hat nach 1949 nie mehr ein Zug Station gemacht.

Der Flugplatz Teveren wurde von der britischen Rheinarmee bis zum Ende der sechziger Jahre betrieben. Danach übernahm die Bundeswehr das Gelände und stationierte dort Pershing Raketen. Anfang der achtziger Jahre schließlich wurde das fliegende NATO-Frühwarnsystem AWACS auf dem Flughafen stationiert. Heute arbeiten dort etwa 3000 Menschen unterschiedlichster Nationalität.

Die Ziegelei Teeuwen musste Mitte der sechziger Jahre die Herstellung von Dachziegeln aus Ton einstellen. Preis und Qualität konnten sich nicht mehr gegen die aus Beton gefertigten Ziegel durchsetzen. Danach wurde das Gelände zunächst zur Nelkenzucht genutzt, später dienten die ehemaligen Ziegeleihallen der Champignonzucht. Schließlich wurden das Gelände komplett geräumt und dort mehr als 60 Häuser für italienische Nato-Soldaten erbaut.

Bedingt durch das veränderte Konsum- und Freizeitverhalten erlebten die Gaststätten in den Dörfern seit den achtziger Jahren einen stetigen Niedergang. Die Trennung von Wohnort und Arbeitsplatz, erweiterte Möglichkeiten der Freizeitgestaltung und die erhöhte Mobilität auch in der Freizeit ließen den Besuch der örtlichen Wirtschaft immer seltener werden. Das früher übliche Tagesgeschäft mit einer gut besuchten Gaststätte schon am Vormittag brach völlig zusammen. Schließlich kann niemand mehr während der Arbeitszeit mal eben in eine Gaststätte einkehren und ein Bierchen trinken, das lässt das heutige Arbeitsleben nicht mehr zu. So mussten nach und nach die Gaststätten schließen und verschwanden. Wer ein Restaurantangebot machen konnte, konnte sich noch einige Zeit über Wasser halten. Heute sind die meisten Dörfer ohne jede Gaststätte. Eine Ausnahme bildet die Wehrer Bahn, in der bis heute eine Wirtschaft betrieben wird.

Die früher in den Wirtschaften konsumierten einfachen Schnäpse spielen heute kaum noch eine Rolle. Dafür haben hochwertige und teure Whiskys, Gins und Cognacs, Weinbrände und Obstbrände den größten Anteil am Markt der alkoholischen Getränke.

Hein hat seinen Betrieb bis zum Eintritt in den Ruhestand als Ein-Mann-Betrieb weitergeführt. Einen Nachfolger fand er nicht. Im Jahre 1975 gab er den Betrieb auf und setzte sich zur Ruhe. Er starb 1994 im Alter von 83 Jahren, seine Frau Fine starb 2002.

Die erzählte Geschichte basiert auf wahren Begebenheiten. Diese sind mir aus den Erzählungen meiner Eltern und Großeltern bekannt. Über die beschriebenen zeitgeschichtlichen Ereignisse (die Lebensverhältnisse in den Nachkriegsjahren, die Minentoten, die Umsetzung der Währungsreform, die niederländische Auftragsverwaltung und die Auseinandersetzungen über den Flugplatz) konnte ich durch Recherchen in der Stadtbücherei Heinsberg und im Archiv des Kreises Heinsberg wertvolle Informationen in den Lokalseiten der Tageszeitungen jener Zeit, in Auszügen aus Pfarrchroniken und in den Bänden des Heimatkalenders finden. Die beschriebenen Ereignisse haben weitgehend so oder ähnlich stattgefunden. Die einzelnen Szenen der Handlung und die Dialoge hingegen sind frei erfunden.

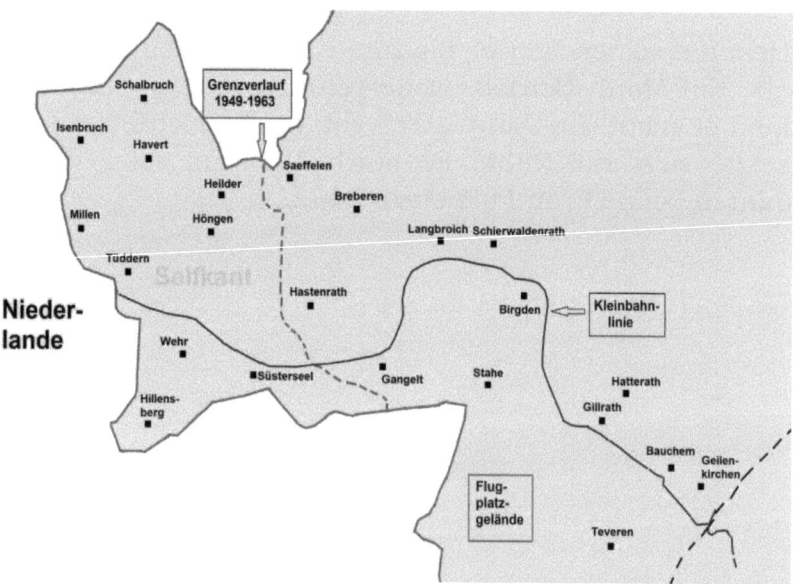

Über den Verfasser:

Helmut Robertz wurde 1955 in Geilenkirchen geboren und wuchs im Stadtteil Gillrath als Sohn eines Spirituosenkaufmanns auf. Nach dem Abitur absolvierte er ein Lehramtsstudium in Aachen und war anschließend mehr als vierzig Jahre als Hauptschullehrer in Dinslaken am Niederrhein tätig. Er ist verheiratet, hat zwei Kinder und ein Enkelkind.

Mein Dank gilt allen, die mir mit wertvollen Tipps und Hinweisen geholfen haben, diese Geschichte so zu verfassen. Ich danke besonders Angelika und Heinz für ihre Korrekturen und Anmerkungen.

Wenn Sie, lieber Leser, weitere Details zu den Vorgängen dieser Zeit kennen, wenn Sie glauben, dass es ganz anders war, als ich es beschrieben habe, oder wenn Sie eine sonstige Kritik üben möchten, dann schreiben Sie mir gerne. Die erzählte Geschichte kann und soll sich weiterentwickeln.